ガルシア・ロルカ
対訳 タマリット詩集

Federico García Lorca
DIVÁN DEL TAMARIT

訳・解説 平井うらら

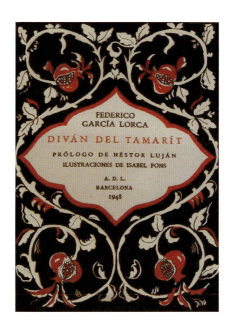

影書房

はじめに

　ロルカの詩はスペインでは、学生や知識人だけでなく、庶民的な町や村の人々のなかにまで驚くほど浸透しています。行く先々でいろいろな「私のロルカ」を聞かされたものです。彼の詩は、単に読まれるだけでなく、記憶され朗読され、場合によっては歌われるものであることを、そのたびに強く感じました。

　ここに収められたどの詩篇でもいいですから、確かめてみてください。韻を踏んでいてリズミカルで、スペイン語を学んでいるひとなら、それを朗読する楽しさがすぐ納得できると思います。たとえ深い意味はわからなくても、一度聞くとスペイン人ならすぐ覚えてしまいます。それとともに、ロルカが選ぶ言葉の意表をつく多彩さ、豊かさ、面白さが、それを読むひとのこころをわしづかみにします。そして、そのイメージの重層が、読む人を現実とは違う別の世界へ、引きこんで行ってくれます。これが、スペインのひとびとにとって、ロルカがいつまでも忘れられない、特別の詩人である理由でしょう。

　それほど多くのひとに愛されていながら、彼の詩はそう簡単に理解できるものではありません。スペインの人すら、「むずかしい、わからない」という人が多いのです。彼の詩を愛するそれらの人たちは、完全に解釈して理解できなくても、それはそれでいいようです。スペイン人たちは、外国人にはうかがい知れない阿吽の呼吸で、彼の詩を感じ取っているのでしょう。しかし私たち外国人は、スペイン人にのみ与えられたそのような特権を持っていません。

　私は、グラナダ大学で学んでいるころから、そして卒業しても、いくどか翻訳を試みました。日本に帰ってからも、こつこつと取り組んできました。しかし、考えてみれば当然のことですが、ロルカがその詩を書こうとしたモチーフ、その詩に込めたメッセージをきちんと理解することなしに、翻訳ができるはずはありません。ロルカの伝記をはじめ、参考資料もたくさん読み、スペインの文化や習慣、イメージ事典やシンボ

ル辞典にもあたりました。

それでもなかなか、翻訳ははかどりませんでした。あるとき私は、決心したのです。「参考文献にあたるのはもう充分だ、それらはとりあえず脇に置いて、ロルカの詩に集中しよう。ロルカの詩だけを頼りに、その内的論理のみに従って詩を解読してみよう」と。それからは、少しずつではあるけれど先に進めるようになりました。そのささやかな成果をまとめたものが、この本です。

解説の文章は、私のこの試行錯誤の経緯をきちんとたどれるようなものにしたいと考えました。そうすることで、あとに続く人たちが私の訳を土台にして、さらにいい訳とふさわしい解釈を獲得することが可能になるのではないかと考えたからです。もちろんここに言う「あとに続く人たち」の中には、私自身も含まれます。

私がなぜ、これほどの長い期間をとおして『タマリット詩集』に、そしてロルカにかかわり続けたのかということについて、少し触れておきます。

私は1986年から3年半、スペインのグラナダに滞在しました。そうなる最初のきっかけは、たまたま友人からグラナダ行きを誘われるという、偶然なものでした。「スペインのグラナダは、アラブとキリスト教とロマ（ジプシー）の三つの文化が融合した、ヨーロッパの中では独特の文化だから、ぜひ行ってみよう」と言われ、興味を抱いたのです。また、私は幼い頃長くバレエを習っていましたので、フラメンコの本場であるグラナダで実物を見たいという気持ちもわいてきました。

その当時私は、神田神保町にある出版社で編集の仕事をしていましたが、プライベートな時間が取れないほど忙しく、細々と書き続けてきた詩も書けず、精神的にも生活的にも行き詰まっていました。自分と自分をとりまく環境を根本的に変えなければ生きていけない、と思っているときでしたので、仕事を退職し、ありったけの現金と買い集めた資料を携えて一年間の滞在予定で、日本からスペインへと旅だったのでした。その際、ある新聞社とスペイン紀行の連載の約束ができましたので、取材旅行という理由もできました。ですから、私の「スペインとの出会

い」は正確にいうと「グラナダとの出会い」というべきなのでしょう。当時も今も私の心の中では、スペインの中心はグラナダであり続けています。

　最初にグラナダの地を踏んだのは季節は春で、空が今まで見たことのないように、強く深い青だったことを覚えています。それはグラナダ郊外の空港で、行き違いがあって私一人でした。ひなびた空港の待合室で迎えを待ちながらかなり長い間、強い日差しと時折ふく風、広々とひろがるグラナダ原野を見ていました。この印象は今でも、私の原風景のひとつです。

　当時、たまたまロルカ没後五十年祭が催されていて、さまざまな企画が実行されていました。スペインについてもロルカについてもよく知らなかった私は、写真機と録音機を持って、ひたすら取材して回りました。言葉はあまりできなかったので、かたことのスペイン語と、場合によっては知人に頼んだり、通訳を必要としたこともありました。

　取材をしているあいだに、ロルカがどれほどひとびとに愛されているか、彼がどれほど深くスペインの文化に影響を与えたかを、ひしひしと感じさせられました。グラナダを知ろうと思ったら、彼のことを知らなければならない、むしろ彼のことを深く知ることによってグラナダを知ることが出来る、と思いました。彼の足跡をたどるために、私は彼が殺されたといわれる場所や、誕生したところ、育ったところ、彼を知っているという人などをつぎつぎと訪ね歩きました。

　それとともに、私はフラメンコにも魅せられていきました。フラメンコは日本で想定されているような、きらびやかな踊り、それにあわせた歌やギターの演奏がメインではありませんでした。フラメンコの中心はあくまで、カンテ（歌）にあります。それも、きれいに耳あたりよく歌うのではなく、地の底から湧いてくるような独特の歌唱法なのです。踊りも、基本的な約束事は厳しく守られていますが、そのなかで自由で個性的な自分なりの振り付けが、その場にあわせてできなければなりません。歌も踊りも完成された様式へと向かわずに、個性や即興性を大切にした独創性が尊ばれます。そしてここでも、ロルカが登場します。19

世紀末頃からの観光化され興業化されたフラメンコに批判的だった彼は、カンテの淵源をたどる活動を続け、それをカンテ・ホンド（深い歌）とよんで、カンテ・ホンドの大会を友人と共に催し、忘れられていた多くの歌い手を発掘するのです。

　フラメンコのあり方にも表れているように、スペインの文化は決して完成や永遠を求めません。それよりも、生きて存在している「今」をとても大事にします。それはひとびとの生き方にも表れています。彼らは、初対面の人と知り合うとき、その人の履歴や所属、肩書きをほとんど問題にしません。対面し言葉を交わし、相手のしぐさや表情で直接つかみ取った自分の印象のほうを、信じます。そのようにして、アジアの端っこにあるよく知らない国から来た私を、彼らはなんの詮索もせず、率直にあるがままに受け入れてくれました。

　私たちは知り合うとまずおしゃべりをし、それが長くなるとお茶でも飲みに行こうということになり、そのうち「家に食事にいらっしゃい」となり、食べ飲み踊っているうちに「泊まって行きなさい」ということになるのです。わたしが調べものをしていることを知るとすぐに、「それならあの人のところに行きなさい」と紹介してくれます。しかもこれらのことに対して、どんな見返りも要求しません。「だって、あなたと私は友達なのだから……」ということなのです。いつのまにか私たちは、古くからの友人のようなつきあいになります。このようにして、取材のテーマにひきずられ、その文化に魅せられ、ひとびととの交流に夢中になって、またたくまに数カ月がすぎ、一年が過ぎました。グラナダに住んでみて初めて、日本の社会がどれほど息苦しいものになってしまっているのか、痛感しました。

　私はだんだん、スペインを生涯の仕事にしようという気持ちが強くなってきました。さいわい、グラナダ大学で外国人向けの講座が開設されていて、奨学金も出るということになり、滞在一年目を過ぎたころから、そこへ通うことにしました。住まいも、女子学生寮に移ることにしました。その寮は、グラナダ大学の法学部のすぐそばにあったものですから、法学部の在学生や司法試験を目指す若いスペインの女性たちと生

活することになりました。そのおかげで、スペイン語もずっと上達し、彼女たちの出身地であるスペイン各地に呼ばれたりもしました。

　大学に入って一番熱心にとり組んだのは、まず語学、次にフラメンコの習得、そしてロルカでした。大学内にも世界初のフラメンコ学科が開設され、一期生としてそこで学びましたが、それだけではなくグラナダ郊外に数多くあるフラメンコ愛好会にも参加しました。また、フラメンコをミサの祈りの中に取り入れた教会があって、そのミサにも毎月のように参加しました。夢中になってフラメンコを踊っていると、時々なにもかも忘れて忘我の境地に入り、ただ私という命だけを感じているということが、何度もありました。そんなことがあった夕方、燃えるような夕陽を見ながら、グラナダの坂道を下って帰るとき、私はこれより他はない幸せを感じたものです。

　都合、三年半の滞在を終えて日本へ帰ってからも、毎年一回はグラナダに行きます。グラナダ大学の大学院に入学して資料を集め始め、ある大学教授の通訳としてロルカ取材旅行に同行したりもしました。日本に帰ってみると、ロルカの研究をもっと深め、ひとつのものにまとめたいという気持ちが強くなりました。いわば、私のグラナダとの関わりの集大成のひとつとして。

　グラナダと非常に関わりの深い『タマリット詩集』は、最晩年の重要な作品であるにもかかわらず、日本では他の作品に比べて紹介されることが少なく、本格的な翻訳・解説もなされていない詩集です。『タマリット詩集』について語ることこそ微力ながら、私がなすべき仕事だ、と考えるようになりました。それが、私に新しい生き方を与えてくれたグラナダへの、ささやかな感謝の贈り物となってくれることを願いながら。

　私が思いがけずもグラナダに出会ったように、ロルカに出会う小さなきっかけにこの本がなれば、これ以上のよろこびはありません。

　　2008 年 8 月 23 日

　　　　　　　　　　　平井うらら

CONTENTS

Gacelas ···23

Gacela I GACELA DEL AMOR IMPREVISTO ················24

Gacela II GACELA DE LA TERRIBLE PRESENCIA ··········26

Gacela III GACELA DEL AMOR DESESPERADO··················28

Gacela IV GACELA DEL AMOR QUE NO SE DEJA VER·········30

Gacela V GACELA DEL NIÑO MUERTO ···························32

Gacela VI GACELA DE LA RAIZ AMARGA ·····················34

Gacela VII GACELA DEL RECUERDO DE AMOR ···············36

Gacela VIII GACELA DE LA MUERTE OSCURA··················40

Gacela IX GACELA DEL AMOR MARAVILLOSO ··············44

Gacela X GACELA DE LA HUIDA
A mi amigo Miguel Pérez Ferrero·········46

Gacela XI GACELA DEL AMOR CON CIEN AÑOS ·············48

Gacela XII GACELA DEL MERCADO MATUTINO ·············50

目　次

はじめに……………………………………………………………………… I

1　ロルカと『タマリット詩集』——詩集の理解のために……… II

2　対訳　タマリット詩集 ……………………………………………… 21
　　ガセーラ集…………………………………………………………… 23

　ガセーラ I　　　行方知れない恋のガセーラ……………………… 25

　ガセーラ II　　　手に負えない存在のガセーラ………………… 27

　ガセーラ III　　絶体絶命の恋のガセーラ………………………… 29

　ガセーラ IV　　姿を見せない恋のガセーラ…………………… 31

　ガセーラ V　　　死んだ幼い男の子のガセーラ………………… 33

　ガセーラ VI　　にがい根のガセーラ……………………………… 35

　ガセーラ VII　　愛の記憶のガセーラ…………………………… 37

　ガセーラ VIII　人知れぬ死のガセーラ…………………………… 41

　ガセーラ IX　　素晴らしい愛のガセーラ……………………… 45

　ガセーラ X　　　脱出のガセーラ
　　　　　　　　　　　わが友ミゲル・ペレス・フェレロへ……… 47

　ガセーラ XI　　百年続く愛のガセーラ………………………… 49

　ガセーラ XII　　朝の市場のガセーラ…………………………… 51

Casidas 55

Casida I   CASIDA DEL HERIDO POR EL AGUA 56

Casida II   CASIDA DEL LLANTO 58

Casida III   CASIDA DE LOS RAMOS 60

Casida IV   CASIDA DE LA MUJER TENDIDA 62

Casida V   CASIDA DEL SUEÑO AL AIRE LIBRE 64

Casida VI   CASIDA DE LA MANO IMPOSIBLE 66

Casida VII   CASIDA DE LA ROSA
              A Ángel Lázaro 68

Casida VIII   CASIDA DE LA MUCHACHA DORADA 70

Casida IX   CASIDA DE LAS PALOMAS OSCURAS
              A Claudio Guillén niño en Sevilla 74

カシーダ集 ……………………………………………………… 55

カシーダ I　　水に傷つけられた子どものカシーダ …………… 57

カシーダ II　　泣き声のカシーダ ……………………………… 59

カシーダ III　小枝たちのカシーダ …………………………… 61

カシーダ IV　横たわった女のカシーダ ……………………… 63

カシーダ V　　外で見る夢のカシーダ ………………………… 65

カシーダ VI　得ることのできない手のカシーダ …………… 67

カシーダ VII　薔薇のカシーダ

　　　　　　　　アンヘル・ラサロへ ……………………… 69

カシーダ VII　金色の少女のカシーダ ………………………… 71

カシーダ IX　黒い鳩のカシーダ

　　　　　　　　セビージャの少年　クラウディオ・ギジェンへ … 75

3　解　説 ……………………………………………………… 77

　I　ガセーラ集 …………………………………………………… 78

　II　カシーダ集 ………………………………………………… 131

　　　　＊

初出年表 ………………………………………………………… 174

テキスト・参考文献 …………………………………………… 176

あとがき ………………………………………………………… 179

　　　扉写真：1848 年にバルセロナで出版されたイザベル・ポンスのイラ
　　　スト入り『タマリット詩集』のカバー。

本書の出版にあたっては、スペイン文化省のグラシアン基金より 2006 年度の
助成を受けた。

　La realization de este libro ha sido subvencionada en 2006 por el Programa
"Baltasar Gracian" del Ministerio de Cultura de Espana.

1

ロルカと『タマリット詩集』
—— 詩集の理解のために ——

20歳のロルカ

フェデリコ・ガルシア・ロルカ

　スペインの古都グラナダ生まれの詩人、フェデリコ・ガルシア・ロルカ（Federico García Lorca）は1898年に生まれ、1936年に非業の死をとげました。38年の短い生涯のうち、すぐれた芸術家として活躍したのは約10年余りに過ぎませんでした。その間に彼は戯曲と詩作において、歴史に残る傑作をいくつも残したのです。

　彼の生きた時代は、イデオロギーの時代といわれる20世紀の諸テーマが一挙に噴き出し、煮詰まり、爆発した時代でもあります。16歳の時には、それまでの戦争観を転換することになる第一次大戦が始まり（スペインは参戦しませんでしたが）、4年間続きました。

　1917年、19歳の時にはロシア革命が起こり、階級対立、イデオロギー対立は国際関係を巻き込んで深刻なものになっていきます。ファシズムやナチズムは、第一次大戦の戦後処理の矛盾の中から生まれてきました。

1935年、タマリット詩集を書いていた頃のロルカ

　またロルカ31歳のときの1929年の世界恐慌は、順調に発展し続けると思われた資本主義経済の最初の、しかも深刻な挫折でした。とくにロルカの祖国スペインは大きな打撃を受けました。世界恐慌の打撃をどのように乗り越えるかが、余力のあるアメリカやイギリスなどと違って、ドイツ、イタリア、スペイン、日本など、遅れてきた国にとっては困難な課題となったのです。スペインはその答えを「共和国」、そして「人民戦線政府」に求めましたが、やが

て1936年から39年までの内戦を経て、フランコが指導するファランへ党の「独裁」へと結果します。

ロルカはこの内戦の初期、1936年8月19日に、グラナダを制圧した反乱軍に属するテロ組織によって虐殺されたといいます。グラナダ近郊の山中、オリーブの谷間で銃殺されたという証言が残っています。しかし、ロルカの死については諸説がいろいろあって、いまだに多くの謎が残されています。

このような時代に生きたとはいえ、ロルカは政治的な人間ではありませんでした。イデオロギーによって現状を理解したり、人を非難することはありませんでした。その意味で彼はあくまで文学者であり、時代の困難に文学の創造的な活動によって応えていこうとしたのでした。

グラナダ郊外の山中。ロルカが銃殺されたと言われている場所。ロルカを悼む人々によって手作りの十字架が立てられていた。('08年、筆者撮影)

彼は「詩人は革命家であらざるをえない」という言葉を残しています。それは政治的な発言ではなく、既成概念や公的な価値判断の基準を徹底的に疑い、相対化し、人間にとって信じるに値する価値を文学的な言葉で再構成していくことを指しています。まさにロルカがたどった軌跡は、この言葉を象徴しています。

グラナダ郊外フェンテ・バケーロス村にあるロルカの生家(筆者撮影)

彼は、音楽の才をもった父と文学の素養の深い母のもとに生まれました。ロルカは詩や音楽がふんだんにあふれた家庭環境にあって、アンダ

ロルカと『タマリット詩集』 13

ルシアの豊かな自然の中で、のびのびと幸福な子ども時代を過ごしました。このことが、彼の文学者としての出発点であり、常にそこに回帰し、それを拠点に文学活動を展開したのです。『ジプシー歌集』は、その最初の結実でしょう。彼はジプシーの残した遺産であるフラメンコに心を奪われるとともに、その歌謡のみなもとである「カンテ・ホンド（深い歌）」にも魅せられ、各地に残る歌謡の採集に出かけたといわれます。彼にとって詩は、詠むものであると同時に、歌われるものでもあったのです。

『タマリット詩集』

「タマリット」とは、「タマリット農園（La Huerta del Tamarit）」のことです。グラナダ市の地図を拡げますと、地図の左下のほう、道路標示も途切れた場所に、小さくこの名があります。この農園はロルカの叔父（父親の弟）フランシスコ・ガルシア・ロドリゲス（Francisco García Rodríguez）の一家が所有していたものです。ロルカ一家が所有していた「サン・ビセンテ農園（La Huerta de San Vicente）」から叔父のタマリット農園までは、南東に１キロほどしかなく、散歩しながら歩いて行ける距離でした。近くにはヘニール川（El Río Genil）が流れ、その周辺は、美しい自然をたっぷり堪能できるところでした。ロルカは叔父の農園を訪ねては、くつろいでおしゃべりをしたり、従姉の作った料理を食べたり、作品を書いたりして過ごしました。ロルカがグラナダを思うとき、真っ先に想い出されるのがこのタマリット農園と、そこで過ごした濃密な時間だったのでしょう。

タマリット農園。タマリット詩集に収めてられている詩の多くはここで書かれた。（'06 年、筆者撮影）

1924 年に『ジプシー歌集』[1]でグラナダの魂の根源をたどり、1929年には『ニューヨークの詩人』[2]で現代文明の行き着く先をみつめた彼は、ふたたびグラナダにもどってグラナダの魂の「いま」を描こうとしているのです。過去へ、そして未来へ、魂の遍歴をかさねてきたロルカがグラナダへ立ち戻ろうとするとき、その拠り所であるのが「タマリット」なのです。

『タマリット詩集』のもとになる原稿は、アメリカから帰ってきてすぐに構想されて、1931 年頃から実際に書かれ始められました。いくつかの詩篇は順次おりを見て、雑誌に発表されていきます。また、友人への手紙の中でも、できあがったばかりの詩を見せたりしています。資料によりますと、一番早いものは 1932 年に、マドリッドの文学雑誌『ヒーロー 2 号 (Héroe, número2)』に発表された詩篇で、この詩集では「カシーダ IX」です。タイトルは、"Canción" となっていて、まだ "Casida del" という統一したタイトルはつけ加えられていません。発表の舞台は、生前はほとんどがマドリッドです。1932 年に 3 編、34 年に 3 編、35 年に 6 編、死んだ年である 36 年に 1 編、全 21 編のうち計 13 編が生前に彼の意思で発表されました[3]。

以上のことからわかることは、この詩集が、何年にもわたる長い期間をかけて持続的な固い意志のもとで、構想され生み出されてきたものである、ということです。そしてこの制作期間は、スペイン史ではちょうど人民戦線政府が樹立され、ロルカの恩師フェルナンド・デ・ロス・リオス (Fernando de los Ríos) や知人が政府の枢要な地位を占めたころです。とくに恩師が文部大臣に就いて、ロルカの強力な支援者になったことは大きな意味を持ちました。彼はこの支援を力にして、巡回劇団「バラッカ」にエネルギーをそそぐことになります。このような時期にこの詩は書かれているのです。おそらく、その巡回劇の中で、できあがったばかりのいくつかの詩篇が朗読されたり、歌われたりしたことでしょう。詩作することと、巡回演劇をすることは、ロルカにおいては一体のものであったはずです。ロルカの即興詩は有名です。アメリカで英語があまり得意ではないロルカが、ピアノをひきながら即興詩を披露して拍

グラナダ全景。アルハンブラ宮殿の手前の丘がアルバイシン地区、その右手にグラナダ市街が広がる。('03年、筆者撮影)

手喝采をあび、一瞬のうちに見知らぬ人たちの集まりの中心になったという逸話が残っています。演劇の中で、観衆の反応に鼓舞されながら、これらの詩篇は育まれ鍛えられたことでしょう。

　さて、『タマリット詩集』は以上のように、詩が出来あがるたびに少しずつ発表されたとはいえ、最後には一冊の詩集にまとめられ出版される予定でした。出版元は、ロルカの母校であるグラナダ大学です。当時、大学から本を出版するということはとても名誉なことだとされていて、ロルカにとっても喜ばしきことであり、おおきな期待をかけていました。詩集の序文は、新設されたばかりの市立のアラブ研究所所長エミリオ・ガルシア・ゴメス (Emilio García Gomez) が執筆する予定で、その原稿はすでにできあがっていました。1936年段階では、すでに出版されるばかりの状態であったようです。内乱の勃発とロルカの突然の死が、すべてを中断させてしまいました。

　ファシストがグラナダを、やがてスペイン全土を制圧するようになると、ロルカの詩は禁圧されました。出版されるばかりだった『タマリット詩集』はひそかに国外へ持ち出されて、ニューヨークで発表されることになったのです。このような過程をたどったとはいえ『タマリット詩集』は、友人や家族の力によって、ロルカ自身が望んだとおりのかたちで発表されたとみることができます。

　第二次大戦後は、ロルカの詩の出版がようやく許されるようになり、全集も出されて、その中に『タマリット詩集』も収録されています。幾度かの校訂もなされて、定本も出来ていますが、まだいくつか議論がわかれる部分も残っています。

　この詩集が、アラブと深いかかわりを持っていることは、とても重要

なところです。といいますのも、当時のスペインの状況では、スペインの歴史をどう理解するかという点で尖鋭に対立していたからです。王党派やファシスト、保守主義者や権威主義者、キリスト教会関係者の間では、スペインの栄光はレコンキスタ（国土回復戦争）から始まり、かつての世界帝国であるスペインを再興することが夢であったからです。彼らにしてみれば、キリスト教徒が解放する以前のスペインは、異教徒に支配された暗黒の歴史でしかありません。このような、断絶においてスペイン史をとらえようという見方に対し、アラブが支配しようとキリスト教徒が支配しようと支配者が代わっただけで、スペインは古代から継続し連続するひとつの主体としてあったのだという見方があります。

　この見方は、王をハプスブルグやブルボン家から迎え、常にヨーロッパの中心に顔を向けてその立場を考えてきたそれまでの発想を根本から転換する契機を含んでいます。共和制になって、それまでの王政の桎梏から解き放たれた学問の世界でも、このような自由な発想で歴史や文化を見直そうという動きが登場し、それがアラブの見直しへと進んだのです。ロルカはこのような知的な新しい動きに共鳴し、支持していたと思われます。そうでなくては、アラブの古い詩形を駆使してグラナダの魂をうたおうとする、このような詩集を出そうとするはずはありません。そしてこれこそ、ファシストの憎しみを買う選択であったでしょう。

ガセーラとカシーダ

　カシーダ（Quasida）は、アラブ音楽の詩の形のひとつです。しかも最も古く、アラブ歌謡すべての原型となったものです。6世紀ころに確立されたといい、アラブ文化圏の全域に、イスラム教より早く伝播していったことがわかっています。地域的にみますと、現在の中近東から、西は北アフリカを含む地中海沿岸へ、東はインドや中央アジアまで拡まったということです。

　その特徴は、上の句と下の句の2行連句から成り、下の句に韻を踏む

ことです。各句の長さは不定でどこまでも続き、連句を重ねて数十行もの長い詩になることも、まれではありません。場合によっては、ナスィーブという、序章が付け加えられることもあります。もともとは神を敬い讃える頌歌から発展したとみられますが、その内容は多岐にわたり、世俗的なものも、物語的なものもあります。アラブでは、このカシーダを基に発展して、宮廷を中心にムワッシャハーという複雑な詩形が出来ていったといいます。

　このように洗練され高度化する一方で、他方では庶民化し、放浪芸として歌い手によってさまざまなものが作られ、街や辻々で人を集めてうたわれていきました。歌といえばヨーロッパではメロディーが重視されますが、アラブでは抑揚や拍子のほうを重視します。だからこそ韻を踏むことがとくに大切になるのでしょう。

　日本で長歌から和歌が生まれてきたように、このカシーダから、より洗練された定型詩の、ガセーラが成立して来ます。2行連句や、韻を踏むことは同じですが、冒頭で主題が先に語られ、わかりやすい口語を使って全体が簡潔にまとめられています。カシーダがややもすると冗長になりやすいのに対し、ガセーラは叙情の中心がはっきりと明示され、わかりやすく覚えやすいのです。カシーダが、人々が輪になって拝聴するものだとするなら、ガセーラはより歌謡に近づいて、人々がともに歌うものになっているといっていいでしょう。

　ロルカは、このアラブの詩形を使って、今のグラナダをうたっています。この詩集の序文を書いたエミリオ・ガルシア・ゴメスは、アラブの詩をスペイン語に訳して話題を呼び、注目された若い学者でした。もし『タマリット詩集』が作者名を伏せて発表されたなら、「ガセーラ集・カシーダ集」として編まれているのですから、新たなアラブの訳詩の登場を思わせたかも知れません。なぜならそのような体裁をロルカが選択しているからです。

　古いアラブの詩を現代スペイン語でよみがえらせようとする試みと、現代スペインの魂を古いアラブの詩形に盛り込もうとする試み、この逆方向のふたつの試みは、過去のアラブ的な文化と現代スペインが地続き

であるとする認識において一致しているのです。それは、フラメンコに魅せられ、ロマンセをうたい、カンテ・ホンドを復興し、庶民のなかにある変わらぬ歌のかたちを探索してきたロルカのひとつの到達点であったでしょう。彼は、スペインの庶民の中に息づいている、歴史を貫く普遍的な歌のかたちに目を届かせているのです。

　このようなロルカの詩人としてのあり方は、いわゆる近代詩人のあり方からみると特異な存在です。近代詩人とは、社会や時代から訣別し独立した自意識によって、社会や時代との緊張関係の中で、詩的な世界を作っていく人たちのことです。ロルカはそのような自意識を超えて、社会や時代に寄りそい、民衆の「無意識」に詩的な言葉を与えようとする詩人なのです。これが、彼が「民衆の魂をうたう詩人」とよばれる理由です。

　では実際にロルカは、どんな言葉をこの詩集に刻んでいるのでしょうか。作品のひとつひとつにあたって、見ていきましょう。

1　出版されたのは 1928 年で、『最初のジプシー歌集 (*Primer romancero gitano*(1924-1927)) というタイトルでした。翌年『ジプシー歌集 (*Romancero gitano*(1924-1927))』として第二刷が刊行されました。

2　翌 1929 年にロルカはニューヨークに渡り、『ニューヨークの詩人 (*Poeta en Nueva York*(1929-1930)) を書き、生前は未発表のまま、その死後 1940 年にメキシコで刊行されました。

3　残りの 8 編のうち 1 編は、死後、1938 年アルゼンチンのブエノスアイレスで、ギジェルモ・デ・トレ（Guillermo de Torre）によって編まれた『全集・第 Ⅳ 巻 (Tomo Ⅳ de las *Obras completas*, recopiladas por Guillermo de Torre, Buenos Aires, Losada, 1938)』に初めて紹介され、残り 7 編は 1940 年にニューヨークで『現代スペイン誌』(*Revista Hispánica Moderna*, New York, VI, núms.3-4, julio-octubre) に初めて収められることとなります。

2

対訳『タマリット詩集』

FEDERICO GARCÍA LORCA
DIVÁN DEL TAMARIT

ガセーラ集

Gacelas

Gacela I
GACELA DEL AMOR IMPREVISTO

Nadie comprendía el perfume
de la oscura magnolia de tu vientre.
Nadie sabía que martirizabas
un colibrí de amor entre los dientes.

Mil caballitos persas se dormían
en la plaza con luna de tu frente,
mientras que yo enlazaba cuatro noches
tu cintura, enemiga de la nieve.

Entre yeso y jazmines, tu mirada
era un pálido ramo de simientes.
Yo busqué, para darte, por mi pecho
las letras de marfil que dicen *siempre,*

siempre, siempre: jardín de mi agonía,
tu cuerpo fugitivo para siempre,
la sangre de tus venas en mi boca,
tu boca ya sin luz para mi muerte.

ガセーラ　I
行方知れない恋のガセーラ

誰も気づきはしなかった　その香りに
君の胎内なる　昏いマグノリアの。
誰も知りはしなかった　その殉教を
一羽の愛の蜂鳥が　君の歯の間で。

　千頭のペルシアの子馬は眠っていた
広場で　君を照らす月の下に、
四晩も　君とひとつになっていた間
君の腰で、　熱い　雪を溶かすほどの。

　白壁とジャスミンのなか、君のまなざしは
生命の蒼ざめた花束だった。
僕は捜した、君に贈るため、僕の胸のあたりに
象牙の文字を　それは言う　いつの時も、

　いつの時も、いつの時も、それは僕の苦しみの場所、
いつの時も　とり逃がしてしまう　君の身体、
僕の口の中の　君の静脈の血、
僕を失って　輝きをなくす　君の口。

対訳『タマリット詩集』

Gacela II

GACELA DE LA TERRIBLE PRESENCIA

Yo quiero que el agua se quede sin cauce.
Yo quiero que el viento se quede sin valles.

Quiero que la noche se quede sin ojos
y mi corazón sin la flor del oro;

que los bueyes hablen con las grandes hojas
y que la lombriz se muera de sombra;

que brillen los dientes de la calavera
y los amarillos inunden la seda.

Puedo ver el duelo de la noche herida
luchando enroscada con el mediodía.

Resisto un ocaso de verde veneno
y los arcos rotos donde sufre el tiempo.

Pero no ilumines tu limpio desnudo
como un negro cactus abierto en los juncos.

Déjame en un ansia de oscuros planetas,
pero no me enseñes tu cintura fresca.

ガセーラ　Ⅱ
手に負えない存在のガセーラ

僕は望む　水が水路を失うことを。
僕は望む　風が谷間を失うことを。

　僕は望む　夜が瞳を失い
僕の心が金の花を失うことを、それは

　牡牛たちが大きな葉っぱと話し
みみずが日陰に死ぬこと、それは

　頭蓋骨の歯がきらめき
蚕が絹糸をあふれさせること。

　僕には分かる　傷ついた夜の深い哀しみが
真昼ともつれ絡まりあった闘いで。

　僕は耐えている　緑の毒が滅んでいくのを
時代を忍んできた崩れたアーチが失われていくのを。

　けれど照らし出すな　君の清らかな裸身を
いぐさの中に花開く　黒いサボテンのような。

　僕を放っておけ　昏い惑星たちの　渇望の裡に、
けれど僕に見せるな　君のみずみずしい腰を。

対訳『タマリット詩集』　27

Gacela III

GACELA DEL AMOR DESESPERADO

La noche no quiere venir
para que tú no vengas,
ni yo pueda ir.

Pero yo iré,
aunque un sol de alacranes me coma la sien.

Pero tú vendrás
con la lengua quemada por la lluvia de sal.

El día no quiere venir
para que tú no vengas,
ni yo pueda ir.

Pero yo iré
entregando a los sapos mi mordido clavel.

Pero tú vendrás
por las turbias cloacas de la oscuridad.

Ni la noche ni el día quieren venir
para que por ti muera
y tú mueras por mí.

ガセーラ　Ⅲ
絶体絶命の恋のガセーラ

夜は　来ようとしない
君が来ないように、
僕が行けないように。

　でも　僕は行くよ、
さそりの太陽が　こめかみに喰いついても。

　でも　君は来るさ
塩の雨で　舌を焼かれながら。

　昼は　来ようとしない
君が来ないように、
僕が行けないように。

　でも　僕は行くよ
ひしゃげたカーネーションを　ひきがえるたちに与えながら。

　でも　君は来るさ
真っ暗な汚れた下水道をたどって。

　夜も昼も　来ようとしない
僕が　君ゆえに死ぬように
君が　僕ゆえに死ぬように。

対訳『タマリット詩集』　29

Gacela IV

GACELA DEL AMOR QUE NO SE DEJA VER

Solamente por oír
la campana de la Vela
te puse una corona de verbena.

Granada era una luna
ahogada entre las yedras.

Solamente por oír
la campana de la Vela
desgarré mi jardín de Cartagena.

Granada era una corza
rosa por las veletas.

Solamente por oír
la campana de la Vela
me abrasaba en tu cuerpo
sin saber de quién era.

ガセーラ　Ⅳ
姿を見せない恋のガセーラ

ベラの鐘を聞く
それだけのために
僕は君にかぶせた　バーベナの花冠を。

　グラナダは　木蔦の間に
溺れる月だった。

　ベラの鐘を聞く
それだけのために
僕は引き裂いた　カルタヘナの庭を。

　グラナダは　風見たちの間を駈ける
ばら色の　一匹の鹿だった。

　ベラの鐘を聞く
それだけのために
僕は君のからだに身を焼いた
誰のものかは知らないで。

_____

＊ベラの塔…グラナダの丘の上のアルハンブラ宮殿内の、アルカサバという要塞
　の上にそびえる塔の名前。スペイン語で〈不寝番の塔〉の意味。毎年、1月2
　日に搭の上にある鐘をつくと、その年に恋人とめぐり会えるという言い伝えが
　ある。

対訳『タマリット詩集』　31

Gacela V
GACELA DEL NIÑO MUERTO

Todas las tardes en Granada,
todas las tardes se muere un niño.
Todas las tardes el agua se sienta
a conversar con sus amigos.

Los muertos llevan alas de musgo.
El viento nublado y el viento limpio
son dos faisanes que vuelan por las torres
y el día es un muchacho herido.

No quedaba en el aire ni una brizna de alondra
cuando yo te encontré por las grutas del vino.
No quedaba en la tierra ni una miga de nube
cuando te ahogabas por el río.

Un gigante de agua cayó sobre los montes
y el valle fue rodando con perros y con lirios.
Tu cuerpo, con la sombra violeta de mis manos,
era, muerto en la orilla, un arcángel de frío.

ガセーラ　Ⅴ
死んだ幼い男の子のガセーラ

毎日昼下がりになると　グラナダで、
毎日昼下がりになると　幼い男の子がひとり　死ぬ。
毎日昼下がりになると　水は流れるのをやめて
死んだ男の子たちと　おしゃべりをする。

　死んだ男の子たちは　苔の翼を　身につける。
陰った風と　澄み切った風は
塔の間を飛ぶ　二羽のきじ
そして「昼」は　ひとりの傷ついた若者。

　空には　ひばりの姿ひとつ　残っていなかった
僕が　ワインの洞穴で君に出会ったとき。
大地には　雲の影ひとつ　残っていなかった
君が　川で溺れていたとき。

　水の巨人が　山々に襲いかかり
谷は　犬や山ゆり　もろとも　押し流されてしまった。
君の身体は、　僕の両手の　紫色の影に包まれ、
水辺で死んでいる、凍った大天使。

対訳『タマリット詩集』　33

Gacela VI

GACELA DE LA RAIZ AMARGA

Hay una raíz amarga
y un mundo de mil terrazas.

Ni la mano más pequeña
quiebra la puerta del agua.

¿Dónde vas, adónde, dónde?
Hay un cielo de mil ventanas
— batalla de abejas lívidas —
y hay una raíz amarga.

Amarga.

Duele en la planta del pie
el interior de la cara,
y duele en el tronco fresco
de noche recién cortada.

¡Amor, enemigo mío,
muerde tu raíz amarga!

ガセーラ　VI
にがい根のガセーラ

ひとつの　にがい根がある
そして　千のテラスを持つ世界がある。

　最も小さな手でも
水の扉をうちやぶることはできない。

　君はどこへ行くの、どこへ、どこへ？
千の窓を持つ空がある
― 青白い蜜蜂たちの闘い ―
そして　ひとつの　にがい根がある。

　にがい。

　顔の内側のにがさが
足の裏で　痛む、
そして　切り取られたばかりの夜の
新しい幹の中で　痛む。

　愛する人よ、僕の敵よ！
君の　にがい根を　嚙め！

対訳『タマリット詩集』　35

Gacela VII

GACELA DEL RECUERDO DE AMOR

No te lleves tu recuerdo.
Déjalo solo en mi pecho,

temblor de blanco cerezo
en el martirio de enero.

Me separa de los muertos
un muro de malos sueños.

Doy pena de lirio fresco
para un corazón de yeso.

Toda la noche, en el huerto
mis ojos, como dos perros.

Toda la noche, comiendo
los membrillos de veneno.

Algunas veces el viento
es un tulipán de miedo,

es un tulipán enfermo
la madrugada de invierno.

ガセーラ Ⅶ
愛の記憶のガセーラ

君は　愛の記憶を　持って行くな。
ただそれだけは　おいておけ　僕の胸に、

　僕の胸は　白い桜の木の　ふるえ
一月の　苦難の中の。

　僕を　死んだ者たちと　分かつのは
悪夢の壁だ。

　僕は摘みたてのアヤメの哀しみを　さしだす
しっくいでできた　心に。

　夜の間ずっと、僕の両目は、
農園にいる　二匹の犬のようだ。

　夜の間ずっと、　僕は食べている
毒の　かりんの実を。

　ある時には　風は
おびえた一本の　チューリップ、

　ある時には　冬の夜明けは
病んだ一本のチューリップ。

対訳『タマリット詩集』　37

Un muro de malos sueños
me separa de los muertos.

La hierba cubre en silencio
el valle gris de tu cuerpo.

Por el arco del encuentro
la cicuta está creciendo.

Pero deja tu recuerdo,
déjalo solo en mi pecho.

悪夢の壁が
僕を　死んだものたちと　分かつ。

　草は　しずかにおおう
君の身体の　灰色の谷間を。

　出会いの門には
毒にんじんが　はびこる。

　だが君は　愛の記憶を　おいておけ、
ただそれだけはおいておけ　僕の胸に。

Gacela VIII

GACELA DE LA MUERTE OSCURA

Quiero dormir el sueño de las manzanas,
alejarme del tumulto de los cementerios.
Quiero dormir el sueño de aquel niño
que quería cortarse el corazón en alta mar.

No quiero que me repitan que los muertos no pierden la sangre;
que la boca podrida sigue pidiendo agua.
No quiero enterarme de los martirios que da la hierba,
ni de la luna con boca de serpiente
que trabaja antes del amanecer.

Quiero dormir un rato,
un rato, un minuto, un siglo;
pero que todos sepan que no he muerto;
que hay un establo de oro en mis labios;
que soy el pequeño amigo del viento Oeste;
que soy la sombra inmensa de mis lágrimas.

Cúbreme por la aurora con un velo,
porque me arrojará puñados de hormigas,
y moja con agua dura mis zapatos
para que resbale la pinza de su alacrán.

ガセーラ　Ⅷ
　人知れぬ死のガセーラ

僕は眠りたい　りんごの眠りを、
墓場の喧騒から　遠く離れて。
僕は眠りたい　あの幼い男の子の眠りを
その子は　海の沖で　心臓を止めたいと願った。

　僕はもう何度も聞きたくない　死者たちが血を流し続けると、
そして　腐った口が水を追い求めると。
僕は知りたくない　草がもたらす苦難を、
そして　へびの口を持つ月が
夜の明ける前に　活動するのを。

　僕は眠りたい　ほんの少し、
ほんの少し、一分、一世紀、
しかし　みんな知っていて欲しい　僕が死んだのではないことを、
そして　僕の唇には　黄金の馬小屋があり、
僕は　西風の小さい友達で、
僕は　僕の涙の広大な影であることを。

　夜明けには　ベールで　僕をおおってくれ、
夜明けが僕に　いくつもの蟻の群れを　解き放つから、
そして靴を　硬水で濡らしてくれ
夜明けが放つさそりのはさみが　滑ってしまうように。

対訳『タマリット詩集』　41

Porque quiero dormir el sueño de las manzanas
para aprender un llanto que me limpie de tierra;
porque quiero vivir con aquel niño oscuro
que quería cortarse el corazón en alta mar.

なぜなら　僕は眠りたいからだ　りんごの眠りを
僕から土をはらってくれる　挽歌を覚えるために、
なぜなら　僕は生きたいからだ　あの名も知らぬ男の子とともに
その子は　海の沖で　心臓を止めたいと願った。

対訳『タマリット詩集』　43

Gacela IX

GACELA DEL AMOR MARAVILLOSO

Con todo el yeso
de los malos campos,
eras junco de amor, jazmín mojado.

Con sur y llama
de los malos cielos,
eras rumor de nieve por mi pecho.

Cielos y campos
anudaban cadenas en mis manos.

Campos y cielos
azotaban las llagas de mi cuerpo.

ガセーラ　Ⅸ
素晴らしい愛のガセーラ

一面の石灰でおおわれた
不毛の原野の中でも、
君は恋するいぐさ、みずみずしいジャスミンだった。

　南風と炎にみたされた
不毛の大気の中でも、
君は僕の胸の中で　雪解けのせせらぎだった。

　大気と原野は
しっかりと両手の鎖で　僕をつなぎとめていたのに。

　原野と大気は
僕の身体の傷を　さらに痛めつけたのに。

対訳『タマリット詩集』　45

Gacela X

GACELA DE LA HUIDA

A mi amigo Miguel Pérez Ferrero

Me he perdido muchas veces por el mar
con el oído lleno de flores recién cortadas,
con la lengua llena de amor y de agonía.
Muchas veces me he perdido por el mar,
como me pierdo en el corazón de algunos niños.

No hay noche que, al dar un beso,
no sienta la sonrisa de las gentes sin rostro,
ni hay nadie que, al tocar un recién nacido,
olvide las inmóviles calaveras de caballo.

Porque las rosas buscan en la frente
un duro paisaje de hueso
y las manos del hombre no tienen más sentido
que imitar a las raíces bajo tierra.

Como me pierdo en el corazón de algunos niños,
me he perdido muchas veces por el mar.
Ignorante del agua voy buscando
una muerte de luz que me consuma.

ガセーラ　X

脱出のガセーラ
　　　　わが友ミゲル・ペレス・フェレロへ

僕は　幾度も海にあこがれ　海を求めた
耳を　摘みたての花で満たし、
舌を　愛と切望で満たして。
幾度も僕は　海にあこがれ　海を求めた、
幾人かの幼い子の心にあこがれ　求めたように。

　夜　くちづけをする時には　いつも、
表情を失くした人たちの　もはや動かないほほえみを　感じてしまい、
生まれたばかりの子どもに触れる時には　誰もが、
もはや動かない馬の頭蓋骨を　思い浮かべる。

　なぜなら　薔薇は　その華やかな外面に
やがて種になる冷徹な姿を追い求めるものだから
なぜなら　人の手は　地下に伸びる根に似ていても
それ以上に価値のあるものでは　ないのだから。

　幾人かの幼い男の子たちの心にあこがれ　求めたように、
僕は　幾度も海にあこがれ　海を求めた。
まだ海の水を知らない僕は　追い求める
短くなっていく　生命の光の　消えていくところを。

　　　　　　　　　　　　　　　対訳『タマリット詩集』　47

Gacela XI

GACELA DEL AMOR CON CIEN AÑOS

Suben por la calle
los cuatro galanes,

ay, ay, ay, ay.

Por la calle abajo
van los tres galanes,

ay, ay, ay.

Se ciñen el talle
esos dos galanes,

ay, ay.

¡Cómo vuelve el rostro
un galán y el aire!

Ay.

Por los arrayanes
se pasea nadie.

ガセーラ　XI
百年続く愛のガセーラ

通りを上るよ
素敵な四人の若者、

　アイ、アイ、アイ、アイ。

　通りを下りるよ
素敵な三人の若者、

アイ、アイ、アイ。

　腰に手を回してるよ
素敵な二人の若者、

アイ、アイ。

　ついに一人の　若者が振り向くよ！
なんて顔つき！　なんて様子！

アイ。

　ミルトの咲くあたりには
もう誰もいない。

対訳『タマリット詩集』　49

Gacela XII
GACELA DEL MERCADO MATUTINO

Por el arco de Elvira
quiero verte pasar,
para saber tu nombre
y ponerme a llorar.

¿Qué luna gris de las nueve
te desangró la mejilla?
¿Quién recoge tu semilla
de llamarada en la nieve?
¿Qué alfiler de cactus breve
asesina tu cristal?

Por el arco de Elvira
voy a verte pasar,
para beber tus ojos
y ponerme a llorar.

¡Qué voz para mi castigo
levantas por el mercado!
¡Qué clavel enajenado
en los montones de trigo!
¡Qué lejos estoy contigo,
qué cerca cuando te vas!

ガセーラ　XII
朝の市場のガセーラ

エルビラ門を通る
君の姿が見たい、
君の名前を知って
涙をあふれさせるために。

　君の頰から　血を奪った
9時の陰鬱な月とは、どんな月なのか？
雪に閉ざされた　君の燃える生命の元を
拾い上げてくれる者、それは誰なのか？
君の瞳の水晶を　殺してしまった
小さなサボテンのとげとは　どんなとげなのか？

　エルビラ門を通る
君の姿を見に行かなくては、
君のまなざしを受けとめて
涙をあふれさせるために。

　なんて声だろう！　僕を懲らしめようと
市場で君があげている声は！
なんて君は　錯乱のカーネーションだろう！
山ほどの　たくさんの麦の中にあって。
そばにいると　君はなんて遠く、
離れると　なんて近いのだろう！

対訳『タマリット詩集』　51

Por el arco de Elvira
voy a verte pasar,
para sentir tus muslos
y ponerme a llorar.

エルビラ門を通る
君の姿を見に行かなくては、
君の太腿にふれて
涙をあふれさせるために。

カシーダ集

CASIDAS

Casida I
CASIDA DEL HERIDO POR EL AGUA

Quiero bajar al pozo,
quiero subir los muros de Granada,
para mirar el corazón pasado
por el punzón oscuro de las aguas.

El niño herido gemía
con una corona de escarcha.
Estanques, aljibes y fuentes
levantaban al aire sus espadas.
¡Ay qué furia de amor, qué hiriente filo,
qué nocturno rumor, qué muerte blanca!
¡Qué desiertos de luz iban hundiendo
los arenales de la madrugada!
El niño estaba solo
con la ciudad dormida en la garganta.
Un surtidor que viene de los sueños
lo defiende del hambre de las algas.
El niño y su agonía frente a frente,
eran dos verdes lluvias enlazadas.
El niño se tendía por la tierra
y su agonía se curvaba.

Quiero bajar al pozo,
quiero morir mi muerte a bocanadas,
quiero llenar mi corazón de musgo,
para ver al herido por el agua.

カシーダ　Ⅰ
水に傷つけられた子どものカシーダ

降りて行きたい　井戸の底へ、
よじ登りたい　グラナダの壁を、
人知れぬ　水の錐で
ほろほろにされた心臓を　見届けるために。

　子どもは傷つき　うめいていた
頭に　霜の冠をかぶって。
ため池や地下槽、そして噴水は
空高く　剣をふりかざしていた。
おお　愛ゆえの狂おしい怒りよ！　生身を切り裂く刃よ！
夜にうごめく　たくらみの音よ！　そして純白の死よ！
おお、光の粒が満ちてきて　光の砂漠が
夜明けの砂地を圧倒していく！
子どもは　孤立無援だった
その喉には　眠る町。
夢から湧き出す水のせいで
水草は絶えることがなかった。
子どもと　その苦しみは　向かい合って、
抱きあう　緑の雨だった。
子どもは　大地に横たわり
苦しみは　その上に覆いかぶさっていた。

　降りて行きたい　井戸の底へ、
一息ごとに死にたい　僕自身の死を、
僕の心臓を苔でいっぱいにしたい、
水に傷つけられた子どもと　出会うために。

対訳『タマリット詩集』　57

Casida II
CASIDA DEL LLANTO

He cerrado mi balcón
porque no quiero oír el llanto,
pero por detrás de los grises muros
no se oye otra cosa que el llanto.

Hay muy pocos ángeles que canten,
hay muy pocos perros que ladren,
mil violines caben en la palma de mi mano.

Pero el llanto es un perro inmenso,
el llanto es un ángel inmenso,
el llanto es un violín inmenso,
las lágrimas amordazan al viento,
y no se oye otra cosa que el llanto.

カシーダ　Ⅱ
泣き声のカシーダ

僕は　バルコニーを閉ざした
泣き声を　聞きたくないから、
それでも　灰色の壁の向こうから
泣き声だけが　聞こえてくる。

　歌おうとする天使はほとんどいない、
吠えようとする犬もほとんどいない、
千のバイオリンは　僕の手のひらに収まってしまう。

　しかし泣き声は　計り知れなく大きな犬、
泣き声は　計り知れなく大きな天使、
泣き声は　計り知れなく大きなバイオリン、
涙は　風を黙らせてしまい、
ただ泣き声だけが　聞こえてくる。

対訳『タマリット詩集』　59

Casida III
CASIDA DE LOS RAMOS

Por las arboledas del Tamarit
han venido los perros de plomo
a esperar que se caigan los ramos,
a esperar que se quiebren ellos solos.

El Tamarit tiene un manzano
con una manzana de sollozos.
Un ruiseñor agrupa los suspiros,
y un faisán los ahuyenta por el polvo.

Pero los ramos son alegres,
los ramos son como nosotros.
No piensan en la lluvia y se han dormido,
como si fueran árboles, de pronto.

Sentados con el agua en las rodillas
dos valles esperaban al otoño.
La penumbra con paso de elefante
empujaba las ramas y los troncos.

Por las arboledas de Tamarit
hay muchos niños de velado rostro
a esperar que se caigan mis ramos,
a esperar que se quiebren ellos solos.

カシーダ　Ⅲ
小枝たちのカシーダ

タマリットの林に
鉛の犬たちがやって来て
小枝たちが力尽きるのを待っている、
小枝たちがひとりでに落ちてくるのを待っている。

　タマリットにはりんごの木があって
そのりんごの実はすすり泣いている。
ナイチンゲールは　ため息を掻き集め、
雉は　ほこりの中へ　ため息を蹴り払う。

　それなのに　小枝たちは陽気だ、
まるで僕たちのように。
そして　雨の心配もせず　深い眠りに落ちる、
前触れもなく、まるで木の幹のように。

　膝まで水に浸かって
二つの谷間は秋を待っていた。
象の足取りで　薄闇が
木々の枝や幹に押し迫っていた。

　タマリットの林に
顔のよくわからない　大勢の子どもたちがいて
小枝たちが力尽きるのを待っている、
小枝たちがひとりでに落ちてくるのを待っている。

対訳『タマリット詩集』　61

Casida IV

CASIDA DE LA MUJER TENDIDA

Verte desnuda es recordar la tierra.
La tierra lisa, limpia de caballos.
La tierra sin un junco, forma pura
cerrada al porvenir: confín de plata.

Verte desnuda es comprender el ansia
de la lluvia que busca débil talle,
o la fiebre del mar de inmenso rostro
sin encontrar la luz de su mejilla.

La sangre sonará por las alcobas
y vendrá con espada fulgurante,
pero tú no sabrás dónde se ocultan
el corazón de sapo o la violeta.

Tu vientre es una lucha de raíces,
tus labios son un alba sin contorno,
bajo las rosas tibias de la cama
los muertos gimen esperando turno.

カシーダ　Ⅳ
横たわった女のカシーダ

裸の君を見ると　大地を思う。
馬の群れのいない、平らな大地。
イグサも生えない大地、未来を閉ざされた
単純な形、それは銀でできた地平。

　裸の君を見ると　わかる
いたいけな姿を捜し求める雨の懸念が、
あるいは　わが頰に輝きを求める
広大な顔を持つ海の焦慮が。

　流血は　いくつもの寝室に音を響かせ
きらめく剣とともに　またやって来るだろう、
しかし君は知ることはない　ヒキガエルの心臓や
すみれの花が　どこで息を潜めているのかを。

　君の胎内は　根っこたちの戦場、
君の唇は　明けることのない夜明け、
ベッドの　生暖かいバラの花の陰で
死者たちは呻く　順番を待ちながら。

対訳『タマリット詩集』　63

Casida V
CASIDA DEL SUEÑO AL AIRE LIBRE

Flor de jazmín y toro degollado.
Pavimento infinito. Mapa. Sala. Arpa. Alba.
La niña finge un toro de jazmines
y el toro es un sangriento crepúsculo que brama.

Si el cielo fuera un niño pequeñito,
los jazmines tendrían mitad de noche oscura,
y el toro circo azul sin lidiadores,
y un corazón al pie de una columna.

Pero el cielo es un elefante,
y el jazmín es un agua sin sangre
y la niña es un ramo nocturno
por el inmenso pavimento oscuro.

Entre el jazmín y el toro
o garfios de marfil o gente dormida.
En el jazmín un elefante y nubes
y en el toro el esqueleto de la niña.

カシーダ　Ｖ
外で見る夢のカシーダ

ジャスミンの花と　首を刺し貫かれた雄牛。
どこまでも続く舗道。地図。部屋。竪琴。夜明け。
女の子は　ジャスミンの雄牛になってみせるが
雄牛は　うなり声をあげる血まみれの黄昏。

　もし空が　ほんの小さな男の子だったら、
暗い夜の半分は　ジャスミンのものだろう、
そしてジャスミンは　空色の闘牛場から闘牛士を閉め出し、
柱の根元では　雄牛の心臓を憩わせるだろう。

　しかし空は象だ、
だから　ジャスミンは生気をなくした血液
だから女の子は　夜の小枝
それは　暗くてだだっ広い舗道にうち捨てられている。

　ジャスミンと　雄牛とのはざま
あるいは象牙の鈎との　または眠る人々との。
ジャスミンの中にあるのは　象と暗雲
そして雄牛の中には　骨になった女の子。

対訳『タマリット詩集』　65

Casida VI

CASIDA DE LA MANO IMPOSIBLE

Yo no quiero más que una mano,
una mano herida, si es posible.
Yo no quiero más que una mano,
aunque pase mil noches sin lecho.

Sería un pálido lirio de cal,
sería una paloma amarrada a mi corazón,
sería el guardián que en la noche de mi tránsito
prohibiera en absoluto la entrada a la luna.

Yo no quiero más que esa mano
para los diarios aceites y la sábana blanca de mi agonía.
Yo no quiero más que esa mano
para tener un ala de mi muerte.

Lo demás todo pasa.
Rubor sin nombre ya. Astro perpetuo.
Lo demás es lo otro; viento triste,
mientras las hojas huyen en bandadas.

カシーダ　Ⅵ
得ることのできない手のカシーダ

僕は　その手以上に欲しいものはない、
傷痕を持つ手が、　もしできることなら。
僕は　その手以上に欲しいものはない、
寝床なしで　千の夜を過ごそうとも。

　その手は　石灰の蒼白い百合になるだろう、
その手は　僕の心臓に繋ぎとめられた鳩になるだろう、
その手は　僕が生命を替える夜に　番人となって
月へと入って行かないように　厳しく見張るだろう。

　僕は　そんな手以上に欲しいものはない
その手は　日ごとに香油を　死ぬ間際には白いシーツを　用意してくれる。
僕は　そんな手以上に欲しいものはない
その手は　僕の死の翼を　支えてくれる。

　その手以外のものは　すべて過ぎてゆく。
もう名付けようのなくなった恥も。「永遠の星」といわれるものも。
その手以外のものは　僕には無縁だ、哀しい風よ、
木の葉は　群れをなして遠ざかってゆく。

対訳『タマリット詩集』　67

Casida VII
CASIDA DE LA ROSA

A Ángel Lázaro

La rosa
no buscaba la aurora:
casi eterna en su ramo,
buscaba otra cosa.

La rosa
no buscaba ni ciencia ni sombra:
confín de carne y sueño,
buscaba otra cosa.

La rosa
no buscaba la rosa.
Inmóvil por el cielo,
buscaba otra cosa.

カシーダ Ⅶ

薔薇のカシーダ

アンヘル・ラサロへ

薔薇よ
君は夜明けを　求めはしなかった、
枝の上で　ほとんど永遠なる君は、
異なる　何かを求めていた。

　薔薇よ
君は知識も幻想も　求めはしなかった、
身体と夢を分かつ君は、
異なる　何かを求めていた。

　薔薇よ
君は薔薇であることを　求めはしなかった。
虚空のなかに　たじろぐことなく立ち　君は、
異なる　何かを求めていた。

Casida VIII
CASIDA DE LA MUCHACHA DORADA

La muchacha dorada
se bañaba en el agua
y el agua se doraba.

   Las algas y las ramas
en sombra la asombraban,
y el ruiseñor cantaba
por la muchacha blanca.

   Vino la noche clara,
turbia de plata mala,
con peladas montañas
bajo la brisa parda.

   La muchacha mojada
era blanca en el agua,
y el agua, llamarada.

   Vino el alba sin mancha,
con mil caras de vaca,
yerta y amortajada
con heladas guirnaldas.

   La muchacha de lágrimas
se bañaba entre llamas,

カシーダ　Ⅷ
金色の少女のカシーダ

金色の少女が
水浴びをしていると
水は金色に染まった。

　水草と木の枝は
少女に陰をつくってやり、
小夜啼き鳥は
白くなった少女のために歌った。

　明るい夜が来た、
不吉に輝く銀色の月が　やがてかげり、
そこだけは鮮やかな　不毛の山並みのうえを
よどんだ微かな風が吹き過ぎていく。

　少女は　濡れて
水の中で　その身体は白かった、
そしてその水は、炎となって燃え上がった。

　雌牛の　千の表情を持つ、
責めを負わない　夜明けが来た、
緊張し　屍衣をまとい
凍った花冠をかぶって。

　少女は涙をあふれさせ
炎を浴びていた、

対訳『タマリット詩集』　71

y el ruiseñor lloraba
con las alas quemadas.

La muchacha dorada
era una blanca garza
y el agua la doraba.

小夜啼き鳥は　翼を焼かれ
泣き叫んでいた。

　金色だった少女は
白鷺になった
水は　金色に染まっていた。

Casida IX

CASIDA DE LAS PALOMAS OSCURAS

A Cl audio Guil l én

niño en Sevil l a

Por las ramas del laurel
vi dos palomas oscuras.
La una era el sol,
la otra la luna.
«Vecinitas», les dije,
«¿dónde está mi sepultura?»
«En mi cola», dijo el sol.
«En mi garganta», dijo la luna.
Y yo que estaba caminando
con la tierra por la cintura
vi dos águilas de nieve
y una muchacha desnuda.
La una era la otra
y la muchacha era ninguna.
«Aguilitas», les dije,
«¿dónde está mi sepultura?»
«En mi cola», dijo el sol.
«En mi garganta», dijo la luna.
Por las ramas del laurel
vi dos palomas desnudas.
La una era la otra
y las dos eran ninguna.

カシーダ　Ⅸ
黒い鳩のカシーダ
　　　　セビージャの少年
　　　　クラウディオ・ギジェンへ

月桂樹の枝のうえに
二羽の　闇のように黒い鳩が見えた。
一羽は太陽、
もう一羽は月だった。
「お隣さんたち」、僕は声をかけた、
「僕は　どこに葬られるの？」
太陽は言った、「私のしっぽに」。
月は言った、「私ののどに」。
そのあと僕は　歩いていった
腰のところまで　泥に埋まりながら
そして二羽の　雪のように白い鷲と
裸の少女に出会った。
一羽は　もう一羽と同じで
少女は　ぬけがらだった。
「鷲さんたち」、僕は声をかけた、
「僕は　どこに葬られるの？」
太陽は言った、「私のしっぽに」。
月は言った、「私ののどに」。
月桂樹の枝のほうに
二羽の　裸の鳩がみえた。
一羽は　もう一羽と同じで
二羽の鳩とも　ぬけがらだった。

3

解　説

I　ガセーラ集

　ガセーラ集に入る前に、翻訳にあたって気をつけてきたことを述べて
おきましょう。

　まず第一に詩の表示のしかたですが、原詩では第1連は行を並べて始
まりますが、2連以降は、最初の行は一字あけて表示されています。こ
れは、『ジプシー歌集』でも同様です。この訳詩でも、原詩に従いまし
た。

　第二に、原詩でのコンマやピリオド、セミコロンの意味には注意をは
らい、その存在の意味を納得できるまで追求しました。もちろん、訳詩
にもそれらを反映させました。

　第三に、一人称の訳を「僕」にしました。多くの恋愛詩があるロルカ
の詩には、生身の自分を指す「僕」の方がふさわしいと判断しました。

　第四に、原詩の言葉の語順は尊重し、語順を変えないで訳せる場合
は、できるだけそのようにしました。これについては指摘しておきたい
ことがあります。原詩が、「歌われるもの」として作られているという
点です。そうすると、「読まれるもの」として作られた詩とどこが違っ
てくるでしょうか。「読まれるもの」であれば、詩の全体はあらかじめ
読者に差し出されています。読者は自分のテンポで読み、自由にさかの
ぼったり先を見通したりして、いま読んでいる部分を全体と関わらせな
がら読み進んでいくことができます。

　しかしもし歌ならば、歌われた詩は歌われた瞬間に目の前から失わ
れ、聴くものの記憶の中にのみ残っていきます。現れた言葉の、イメー
ジや意味を記憶に刻んでいこうとする瞬間には、もう次のフレーズが始
まっています。そして、次のフレーズがどのようなものになるか、聴く
ものはあらかじめ知らされていません。このようにして次々に現れるイ
メージをひとつずつ味わい、積み重ねながら、聴くものは最後のカタス
トロフィーへと向かっていくのです。

「読まれるもの」としての詩が、その全体を一望できる建築物だとするなら、「歌われるもの」としての詩は、どこに行き着くかわからない道にたとえることができるでしょう。ロルカの詩は、以上のように作られています。言いかえますと、最初にテーマの提示があり、それの驚くべき展開があり、その展開の多様さ、意表をつく表現に引きこまれながら、初めは思っても見なかったところまで人を連れて行ってしまうのです。これは、劇に似ています。ロルカの詩は、詩の言葉で作られた劇ととらえることができます。このことを考えるとき、語順の尊重は大切なことになります。意味は同じだから語順を変えてもいいではないか、ということにはならないのです。

　たとえば、ガセーラ1の最初のフレーズ、「誰も気づきはしなかったその香りに」を、「その香りに　誰も気づきはしなかった」にすると、Nadie comprendía と歌いあげて、「何にきづかなかったというのだろう？」と息をのんで聴衆が注目する中を、el perfume と提示する、その緊迫した雰囲気が失われてしまうのです。

　第五に、ロルカの詩の「わかりにくさ」がどこからくるか、という点です。もちろん、地球の反対側にある、日本とはまったく違った文化を土壌に育った詩であること、70年もの時を隔てていること、などからくるわかりにくさがあるでしょう。しかし私が注目したいのは、ロルカの詩の、時代や社会に対する臨場性ということです。

　彼はその時代がもつ困難や課題から逃げず、そのまっただ中に臨場しようとしています。それだけにかえって、その時代に臨場していない私たちには理解がむずかしいのです。おそらく彼の詩は、同時代を生きる多くの人々にはすぐさま理解され、感動をよび、喝采をあびるものだったのでしょう。そうでなくては、スペインでこれほど多くの人にいまでも記憶され歌い続けられるはずはありません。私はスペイン滞在時にフラメンコの歌い手によって歌われるロルカの詩を数多く聞く機会を得ました。小さな村の「フラメンコの集い」で歌われるロルカの詩は、歌い手も聴衆である村人たちの心までもふるわせる魂の底からの叫びのようでもありました。私はこの詩を訳すとき、「この詩は当時の普通の人に

解　説　79

即座にわかる詩であったはずだ」という前提で、その理解に努めました。

第六に、ロルカの詩の時代的な性格です。当時はシュールレアリスム全盛の時代でした。現に彼の身近にいた友人であるダリや、ブニュエルたちもこの芸術運動の流れの中で、いくつかの作品を試みています。シュールレアリスムとは、理性や合理主義を徹底的に疑い、それらのものに頼らず、感性や直感、イメージの力によって一挙に本質に到達しようとする試みです。ロルカの詩も、このような芸術運動の流れの中にあります。

第七に、同性愛の彼における意味です。彼の身近にいる人たちには、彼が同性愛者であることは、隠れもない事実でした。しかしカトリック的な倫理観が強く社会を支配していた当時、同性愛者であることを公にすることは許されないことでした。生前彼は遂にそのことをおおっぴらに明らかにしませんでしたが、彼を非難する人たちの手によって、恥ずべきスキャンダルとして暴かれ、いまでもその汚名から自由ではありません。

グラナダでのことですが、私がロルカの研究をしていることを知って、「スペインには偉大な人物がいっぱいいるのに、あなたのような若い女性が、よりによってロルカのような人間をとりあげるとは……。あなたも同類だと誤解されますよ」と忠告されたことがありました。人が選ぶ愛のかたちは、その人のアイデンティティに深く関わっています。それだけに、人が誰をどのように愛するのかということは宿命的なものがあり、その人が自分自身であろうとすることと同じだと思います。

ですから言うまでもなく、ロルカが同性愛者であることは背徳や反社会性とは何の関係もありません。しかし当時にあっては、同性愛者である自分の愛のかたちを貫くためには、多くの困難や緊張が強いられたことでしょう。結果として、同性愛の愛は社会的に容認された愛と違って、秘められた愛であり、愛以外の目的が侵入してこない純粋な愛であらざるを得なかったでしょう。

彼の詩における愛の過激ともいえる表現は、自分の経験の中にある個別的な愛のかたちを超えて、普遍的な究極の愛を求めるところからきて

います。それだけに、さまざまな愛のかたちを持つ多くの人の心に、ひろく響くものとなっているのです。

さて、以上のことを念頭に、詩を見ていきましょう。

■ガセーラⅠ　行方知れない恋のガセーラ

この詩は、次のような構造になっています。

1連：君と僕との、愛の存在の提示。2連：逢瀬。悠久の時に連なる愛。3連：siempre という僕の願い。4連：siempre の希求と、その不可能性の予感。

細かく、見ていきましょう。

1連。これを原詩の語順どおりにたどってみると、「誰も気づきはしなかった」（何に？）→「その香りに」（どんな香り？）→「昏いマグノリアの」（その香りはどこから？）→「君のうちなる」となります。読者はこの語順どおりにイメージをふくらませ、最後に tu vientre に到達します。次も、「誰も知らなかった」から始まり、「殉教」や「愛の蜂鳥」を経て、los dientes に到達します。果物をむいていって芯に行き当たるように、このふたつの言葉が、この連の核になっています。tu vientre は「君」という存在の中心であり、los dientes は愛の行為の先導者です。

Nadie comprendía と Nadie sabía の対比にも注目したいと思います。「気づきはしなかった」というのは、その言葉の背後に、「誰もが気づいて当然である、しかし誰も気づかない→気づいたのは僕だけだ」という意味を持っています。つまり「君のうちなる昏いマグノリアの香り」は、すべての人に与えられているのです。こう捉えると、tu vientre とは何かがわかってきます。

vientre は直接的には、「おなか、子宮、内臓」を意味しますが、ここでは精神的なものを含めて、君の存在の中心という意味です。君の存在の素晴らしさを認めることが出来たのは僕だけだった、というのです。

vientre という言葉については、もうひとつ指摘しておきたいことが

解説　81

あります。スペインで日常的に民衆の間で祈られている「聖母マリアの祈り」の中に「御胎内の御子も祝せられ給う」という一節があり、その「御胎内」が vientre なのです。vientre は、聖母マリアを、もしくは聖母子を連想させる言葉なのです。ですから、君の存在の中心には、聖なる意味も重ねられているのです。これを訳に反映するためにあえて、「胎内」を残して、それに「うち」というルビをふりました。

それに対し、Nadie sabía で指示されているのは、誰にも知られていないことであり、人に隠されていることで、君と僕だけが知っていることなのです。そしてその内容は、愛の行為を直接的に暗示しています。

martirizar とは、「苦しめる、責め苛む」という意味もありますが、同時に「殉教させる」という意味もあります。歯の間で愛の蜂鳥を責め苛むとは愛の行為ですから、「苛まれることが歓びでもある」という意味でそのまま「殉教」と訳しました。

この宗教的な言葉は、同じく宗教的なニュアンスを持つ vientre とも響きあっているのです。この1連の表現によって読者はいきなり、恋愛のまっただ中に放り込まれることになります。

2連。1連が、君と僕との愛を歌いあげるものだったのに対し、2連はいきなり、時空を超えます。「千頭のペルシャの子馬」という意想外のフレーズには誰しも驚くでしょう。逢瀬の場所である部屋の窓から広場が見渡せるのです。その広場には、数知れぬほどのペルシャの子馬が安心して眠りに就いているのです。

luna de tu frente とは、「君の前の月」または「君を照らす月」であり、その月が子馬たちを照らしているのです。con 以下のフレーズによって「ペルシアの子馬」が、象徴的な意味を持った幻想であることが明らかになります。それは、レコンキスタ以前の、豊かで高い文化を誇り数百年も続いたアラブ時代の平和なグラナダを表わしています。「アラブの時代」と「僕たち」が、幻想の中で同時に存在しているのです。君と僕との逢瀬は、安心して眠りに就く子馬たちのように満ち足りて平和だった、とここで言っています。

この2連は、全体がひとつの文章になっています。文法的にいうと、

本文が「子馬は眠っていた」です。そのあとに、「〜月の下に」「〜の間」という付帯状況が付け加えられています。ところが意味をたどっていくと、「子馬が眠る」は幻想であってむしろこちらの方が付帯状況であり、本当に述べたかったのは

グラナダ近郊の農村風景。1987年当時はまだ農耕馬による作業がされていた。(筆者撮影)

「〜の間」の方です。このふたつを分ける場所に、コンマがあるのです。

　3行目から4行目は、性愛の直接的な表現になっています。1、2行目の静的な表現から一挙に沸点に達するのです。ようやく実現した逢瀬、一晩や二晩では短かすぎる。三晩でも、まだ足りない。四晩あってはじめて、ゆったりと満ち足りて逢瀬を楽しむことができる。それ以上だったら、「日常性」という恋の敵が忍び込んでくる。これが四晩の意味です。

　4行目、tu cintura のあとのコンマは、後に来る enemiga de la nieve との同置を示しています。つまり、直訳すれば「君の腰＝雪の敵」です。「雪の敵」ですから、徐々に雪を溶かす程度のものではなく、炎のように熱いもののことでしょう。訳では、「雪を溶かすほどの」の前に、「熱い」を入れました。

　3連。「白壁とジャスミンのなか」とは、ペルシアの幻想から立ち戻って、現実の中に在ることを示しています。次のフレーズがこの詩で一番、訳に悩んだ部分です。

　ramo は、「小枝」「花束」を意味します。simiente は、「種」「精液」です。ここでは君のまなざしが何であるかを述べているのですから、ramo は「花束」と解釈しました。花束＝メッセージと受けとめたのです。simientes は複数形になっているので、前の連の過激な描写から連想してしまいますが、「精液」ではなさそうです。「命を育む種」と取りました。「種の花束」というと変ですから、「生命の花束」としました。

解説　83

僕は君のまなざしを受けとめているのですから、愛の交歓が終わった後でしょう。

「蒼ざめた」という形容詞には、それぞれの自分に戻った冷静さが表されています。君から生命の花束をもらった、僕は何をあげよう。そして僕は君のために象牙の文字を捜すのです。

3行目の Yo busqué, para darte, por mi pecho という部分の切迫した、登りつめていく、圧倒的なリズムにぜひ、注目してください。そして詩はこの連の頂点である、siempre という言葉に行き着くのです。

siempre は、日本語にすると「いつまでも」「永遠に」というありふれた言葉になりますが、この詩での使われ方を考えると、それだけでは不十分です。この恋は、1連でも2連でも秘密の恋であることが示されています。ふたりはやっと会えて、愛を交わしたのですが、まもなくまた別れて、いつもの日常に戻らなければなりません。満たされたふたりの愛の「この時」が、いつまでも変わらず続くことが願われます。しかしそれは、普通の恋人同士のように、いつでも確かめられるわけではありません。おそらく次の逢瀬のときまで、待たねばなりません。ふたりの最も満ち足りた愛の瞬間が、次の瞬間にも、さらにまた次の瞬間にも、次の日もさらに次の日も、変わらず続くように、この一瞬が永遠でありますように、永遠が一瞬でもありますように。siempre は、このような意味ですから、「いつの時も」と訳しました。この願いは切実な願いですが、不可能な願いでもあります。僕自身にも確信が持てないから、自分の中にそれを捜すのです。

4連。前の連で行き着いた siempre という言葉が、冒頭で歌いあげられます。2行目の最後にも念を押すように siempre が来ます。しかしこの連の siempre は、3連での siempre とは、意味が反対になります。siempre の不可能性が示されています。不可能を示すことで、逆にその願いの切実さを強く表現し、悲劇的な結末を予感させています。

この連では、各行が名詞を四つ差し出すことによって成り立っています。そのどれもが、愛の喪失を描いています。愛の喪失は、愛が変質したからでも、どちらかの不実のせいでも、何らかの障害によるものでも

ありません。愛の交歓の至福の瞬間を基準に、その地点から見返した日常の姿を、指し示しているのです。

　私たちも恋人との行き違いにがっかりすることはしばしばありますが、互いに別の人格ですから「恋人といっても、まあそんなものだ」とやり過ごしてしまいます。ロルカは、そういう現実の処世の部分から出発せずに、究極の絶対的な部分から出発しています。そこが彼の革命家たるところでしょう。普通だれもやらない地点から、愛のかたちを見つめ詠うからこそ、人々を揺すぶることができるのでしょう。

■ガセーラⅡ　手に負えない存在のガセーラ

　この詩は、1、2連の4行で、Yo quiero que ～ se quede sin ～.という文型がくり返されています。「～が尽きる、～がなくなる」の意味になります。「状態の継続」ではなく、「状態の変化」を指すのです。さらにつけ加えますと、この文章は、「接続法」、非現実の願望、すなわちまだ起こっていないことを望んでいるのです。

　なぜこのことの確認が大事かと言いますと、最初の1行を「僕は望む　水が水路を失ったままであることを」と訳すか、「僕は望む　水が水路を失うことを」と訳すかの違いが出てくるからです。「水が水路を失う」のは、現実か願望か、どちらなのかということです。水は水路を失ってはいません。ロルカは、「いっそのこと、水路を失ってしまえばいいのに」と言っています。風も、「吹き抜けていく通路を失えばいいのに」と言っています。

　つまりロルカは、ものごとを成り立たせている前提がくつがえってしまうことを望んでいるのです。最初の2行は、ふたつの望みをふたつの文章で表しています。次の2行は、省略を入れてふたつの望みをひとつの文章で表しています。それだけ、たたみかける表現になります。「夜が瞳を失って、真っ暗闇になること」そして「僕が詩の心を失うこと」が望まれています。その後の4行は、セミコロンでつながれ、Quieroを省略したqueで展開されることになります。さらにたたみかけるこ

解　説　85

とになります。

　このニュアンスを少しでも出すために、セミコロンの部分を「それは〜ということ」と訳してみました。牡牛やみみずや頭蓋骨が出てきて寓話的な雰囲気がしますが、すべてのものがその成り立ちの前提を失う、という望みのリフレインに変わりはありません。「なぜロルカは、このようなことを望むのだろう？」という聴衆（読者）の疑問は、八つの望みが繰り出されるたびに強くなってきます。その疑問が頂点に達するときに、Puedo ver el duelo＝「僕には分かるのだ、引き裂かれるほどの深い哀しみが」と歌いあげられます。それは、誰の？「傷ついた夜の」。なぜ？「真昼とのもつれた闘いで」。

　ここで初めて、そのような望みを持った根拠が明かされるのです。それにしても、「夜と真昼との闘い」とは何でしょうか（ここでロルカが、一般的な昼 día にしないで、あえて真昼 mediodía とした点は注意しておくべきでしょう）。

　「夜」と「真昼」は、比喩として読まなければなりません。「夜」的なもの、「夜」という言葉に象徴されるものと、「真昼」的なものが、死にもの狂いでもつれ絡まりあいながらいま闘っているというのです。僕にはそれがわかっている、しかしすべての人たちの共通理解にはなっていない、夜の哀しみが理解されないのならいっそ、世界が壊れてしまえばいい、と言っています。

　夜が象徴するものは、私的世界であり、やすらぎ、慰め、音楽、恋、くつろいだ語らい、眠り、などです。真昼が象徴するのは公的世界であり、活動、統制、政治、出世、議論、競争、などです。当時のスペインは政治の季節の渦中にあって、さまざまな正義の名によって人々が傷つけあい殺しあっていました。その影にあって、弱いもの・幼いものたちが犠牲になり、平和な日常が踏みにじられ、音楽や芸術や文化の自由な展開がはばまれていました。夕食を囲む食卓から一家の主が引き立てられて、虐殺されるような悲劇が進行していたのです。el duelo とは、このことです。

　つぎの連では、「僕は耐えている」。resisto の原型、resistir は単に「耐

86

える」だけではなく、「抗いつつ耐える」という意味です。その目的語 ocaso は、veneno と arcos にかかっています。滅びつつあるのは、「緑の毒」と「崩れたアーチ」です。この連は、前の連と共通した内容を指示しているはずですから、「緑の毒」と「崩れたアー

崩れたアーチ。アルハンブラ宮殿に至る林に残るアラブの城門遺跡。('06年、筆者撮影)

チ」は「傷ついた夜」に属します。「崩れたアーチ」とは、アラブ時代に繁栄したグラナダの高い文化の象徴です。

　解釈が難しいのは、「緑の毒」のほうです。緑とは、『ジプシー歌集』に出てくる、有名な「夢遊病者のロマンセ」の冒頭の "Verde que te quiero verde./ Verde viento. Verdes ramas."（緑よ、私が大好きな緑。/緑の風。緑の枝々。）の verde です。「生意気な」「卑猥な」という意味もありますが、生き生きとした生命力を感じさせる言葉です。

　veneno は、「毒、悪意、弊害」と否定的な意味をもっています。ロルカは、「緑の毒」の側に立って、その衰亡に耐えているのですから、この「毒」は反語です。人々の生命力からきたのびのびした活動は、それが都合の悪い人たちからは「毒」と見なされるでしょうが、そして確かにその行き過ぎによる弊害もあるでしょうが、それは尊重され擁護されるべきものです。それがいま、滅んでいこうとしているのです。正義どうしの闘いとして現れているスペインの混乱のなかで、大多数の人たちが目に留めようとしない犠牲者の立場にたって、ロルカはここでものを言おうとしているのです。

　そして最後のふたつの連で、ロルカは大きく舵をきります。詩はまったく違った地平に入ってしまうのです。"Pero" という接続詞によって。「世にものを言おうという立場に立とうとしている僕の前に、君の裸身を出すな、もしそうすれば僕は、必ず恋に落ちるだろうから……」と言

解説　87

うのです。

しかし、「照らし出すな」と言い、「見せるな」と言っているのは、誰に向かって言っているのでしょうか。もし「君」に向かって個人的に要求しているのなら、時代や社会を相手にしてきたいままでの文脈に合いません。前半の八つの望みは、時代や社会に対する要求でした。しかしここでの要求の相手は、僕を恋に陥らせることのできる存在、すなわち神または宿命です。要求する相手が変わっているのです。しかし、恋も夜に属するのではないのでしょうか。夜を擁護しようという立場に変わりはありません。ただ、恋を擁護し、恋のために resistir するよりは、恋を生きる方が僕にふさわしのです。だが今は滅びの危機に臨んでいるのだから、「見たくない」「放っておいて」ほしいのです。

■ガセーラⅢ　絶体絶命の恋のガセーラ

これは、歌謡のかたちが見事に現れた詩です。詩の文型をリフレインしながら、一気にのぼりつめる疾走感が素晴らしいです。またこの詩は、一篇の舞台劇を思わせます。登場人物は、夜と昼と僕と君。ガセーラⅡでもそうだったように、ここでも「夜」と「昼」が人格化されて登場します。しかしここに出てくる「夜」や「昼」には、個性がありません。ただ、「僕」と「君」の恋を邪魔するためだけに登場させられています。ここで本当に存在しているのは、「僕」と「君」だけです。

夜や昼がこのように人格化されるのは、私たちにはあまりなじみがありません。「夜が来ない」「昼が来ない」と言いたければ、私たちはたいてい、「月が出ない」「太陽が昇らない」と表現します。夜や昼は、事態をもたらす主体ではなく、何らかの主体がもたらした結果にすぎないと考えられるからです。「アマテラスが天の岩戸に隠れたから、世界は闇につつまれた」というように。

もうひとつ、なじみのないことがあります。日本では、太陽や月や風や雷などの自然現象が人格化されるときは、それらが天地をつかさどる主体であるところから、何らかの公的な意味や性格が付与されます。

「人間の罪深い悪行に怒り、雷が落ちた」というように。しかしこの詩における夜と昼の、君と僕の逢瀬を妨げようという行為には、何の公的な意味もありません。ただ「気にくわない」という理不尽な感情があるだけです。自然的な現象をこのような比喩として使うという感受性は、ロルカの、そしてロルカが土壌としたスペイン文化の、独特なところでしょう。

　とはいえ、この「夜」と「昼」の比喩は、論理的に突き詰めると、解釈に苦しむところがあります。「夜は来ようとしない、だから来ない」、すると、昼のままです。交代勤務の相手が出てこないので、いつまでも「昼」の出番が終わらないということでしょうか。つぎには、「昼が来ない」、すると夜のままです。でも、最初に「夜は来ようとしない」と言ったはずなのに、いつ夜はやって来たのでしょうか。もし、因果関係を大切に展開するなら、「夜は来ようとしない、昼は交代を待ちくたびれて、とうとう帰ってしまった、それで世界は夜も昼もいなくなってしまった」というふうに展開するのが自然です。ロルカはこの詩では、そういう因果関係を語るのを捨てて、「夜が来ないシーン」と「昼が来ないシーン」を独立して一枚ずつ描いて、重ねて見せたのです。そのうえで最後に、「夜」も「昼」も来ないシーンを差し出し、「そうすると、どうなるのか」私たちに問うているのです。

　夜は、来ません。夜が来るつもりで僕も君も準備していました。仕方がないので、夜の用意のまま、昼のさなかを出て行かなければならないのです。だから僕は帽子もかぶらず、日よけのすべもなく、さそりの太陽がこめかみに喰らい付くのです。そして君は、すぐやむだろうと思っていた夕立のなかを、長い間濡れながらやって来なければならないのです。

　昼は、来ません。昼にカーネーションを持ち歩いていても、いくらでも言い訳はできます。「ちょっと花屋で買ってきた」とか、「今夜のパーティ用に」とか。昼のために用意していたカーネーションを夜に持ち歩くと、周りから見ればその目的はただひとつ、誰かにあげるためです。誰にあげるか知られたくないから、長い間持ち歩いてひしゃげてしまっ

たカーネーションを少しずつ、自分には何の魅力もない存在のひきがえるたちに分け与えなければならなくなってしまったのです。そして君にあげるカーネーションは無くなってしまう。君は、昼だからこそ人目につかないように、汚い下水道をたどって会いに来ようとしていました。夜なら、そんな必要はなかったのに。それでも予定どうりに君はやって来るだろう。

　このように、この詩の展開を理解しました。夜が来ないために起きる困難にも、昼が来ないために起きる困難にも負けず、果敢に行動するふたりですが、最後にふたりは追い詰められることになります。この絶体絶命の危機を、ふたりは乗り越えられるのでしょうか。答えは、聴衆（読者）にゆだねられています。最後の連は、絶唱です。

para que por ti muera ／ y tú mueras por mí.

　この2行を書くために、ロルカはこの詩を書いたのでしょう。

　この詩は一見、簡単に訳せそうですが、実はそうではなく、いろいろ考えさせられました。たとえば最初の文章、La noche no quiere venir. です。直訳すれば「夜は来ることを望まない」ですが、それでいいでしょうか。この訳では意思表示があるだけで、それに基づく行為までは含みません。でもこの詩の展開では、「来ない」という現実の行為へと結びついています。「来たくない」という意志があり、それが行動にまで現れている表現として、「来ようとしない」にしました。

　つぎの、para que tú no vengas, ni yo pueda ir ですが、pueda、原型 poder という「可能」を表す動詞はどうして、ir だけに付いて vengas には付かないのでしょうか。普通に考えれば、「夜」の作為の目的は「君が来られないように」「僕が行けないように」するところにあるのですから、どちらにも poder が付くほうが自然ではないでしょうか。

　原詩のとおりに訳してみますと「君が来ないように、僕が行けないように」になりますが、言い直してみるとこれは、「君が寄りつけないように、僕が行けないように」ということです。つまり君に対しては、「君」の意志がどうであろうと「僕」に近づけないようにすること、と取れます。「僕」の場合は、「行こう」という意志は自分のことですから

明白で、それを止めるためには可能性を奪う以外にありませんが。この詩の話者は「僕」ですから、「君」の描写にはこのような一歩引いた表現が使われたのではないか、と考えます。だから、「君」「僕」の順番が最初の出方

アルバイシン地区。アラブ時代の旧市街。('07年、筆者撮影)

とは逆転して、「僕が行けないように」というフレーズのあとにすぐさま「でも僕はいくよ」と応え、そのあとでやっと「でも君は来るさ」と続くのでしょう。

　なお、yo iré と言い、tú vendrás と言う、この未来形は「僕は行くだろう」「君はくるだろう」と訳すこともできますが、より意志を明確にし、詩が持っている疾走感を活かすために、「僕は行くよ」「君は来るよ」という口語的な応答のかたちにしました。

　もうひとつ、「ひしゃげたカーネーション」の「ひしゃげた＝mordido（原形 morder）」ですが、この言葉には「歯車に噛まれる、挟まれる、悪口をいう、すり減らす、噛む、かじる、噛みつく、少しずつ削る、すり減らす」などの意味があります。これらの「すり減らされた〜」という語感から現在の解釈になりました。「ひしゃげた」という言葉は普通の会話にあまり出てこないものなので、多少抵抗がありますが、ここでは語感的にしっくり行き、これを採用しました。おかげでこの行はかなり長くなってしまって、バランス的にもう少し短くしたいのですが、やむをえません。

　タイトルは、直訳すれば「絶望的な恋のガセーラ」ですが、それですと、もう望みが絶たれた状態になってしまいます。夜と昼が、恋の相手のために僕たちが死ぬように追い込んでいるとしても、僕たちは相手のために恋を成就して生きようとしているのですから、絶望と言い切ってしまうのは言い過ぎです。そこで私は「絶体絶命の恋」とすることで、

結論を読者に委ねました。

■ガセーラIV　姿を見せない恋のガセーラ

　グラナダで誰もが知っていて、くちずさみ踊ることのできる民謡 "La Reja（ラ・レハ）" に、「ベラの鐘を聞くためだけに」という一節があります。最初の連を紹介してみましょう。

　　　Quiero vivir en Granada.

　　　solamente por oír.

　　　La campana de la Vela

　　　cuando me voy a dormir.

　直訳してみます。

　　　わたしはグラナダに住みたい

　　　それを聞くためだけに。

　　　ベラの鐘の音を

　　　私が眠りにつくとき。

　"solamente por oír ／ La campana de la Vela" という詩句が、この詩ではそのまま、冒頭で引用されています。つまりこの詩は、この民謡の調べが基調旋律として、ロルカの表現する詩の背後に流れているのです。

　民謡が表現するものは、素朴な郷土賛歌といっていいでしょう。〈あのベラの鐘を聞きながら眠りにつくこと、これが最高の幸せ、それさえあれば何も要らない、そのためだけにグラナダに住みたい。〉——ここにあるのは、平和で豊かで満ち足りたグラナダです。いいかえますと、「ベラの鐘を聞きながら眠りにつく」のが最高の幸せであるためには、平和であり、豊かであり、生き延びるためにあくせくしなくてもよく、今日一日の労働が報いられ意味のあるものだった、と信じられる状態であることが必要です。そのとき、ベラの鐘はひとびとの心を満たし、いやすものとなるのです。しかし、この前提はいまのグラナダにはありません。

92

この郷土賛歌を、ロルカは恋の歌に読みかえます。それには充分理由があります。といいますのも、ベラの鐘は「恋の鐘」でもあったからです。グラナダの古くからの言い伝えで、毎年お正月の二日にこの鐘をつくと運命の恋人に出会うことができる、というものがあります。ベラの鐘は恋の仲立ちをしてくれるわけです。鐘をつく人が必ず恋人に巡りあえるとして、誰がその恋人になるのかわかっているわけではありません。たぶんその鐘を聞いている誰かでしょう。こうして、鐘を聞くことは、恋の予感にときめくことでもあ

ベラの鐘。アルハンブラ宮殿にある最も古いアルカサバ（城砦）にそびえる鐘楼。('06年、筆者撮影)

ります。この意味をふまえてロルカは、「ベラの鐘を聞く」を「運命の恋をする」と読みかえたのです。
　私がこの詩を訳すとき、全体の意味の流れがつかみにくかったのは、このロルカの読みかえに最初は気づかなかったからです。「ベラの鐘を聞くために」どうして「花冠を君にかぶせ」なければならないのでしょう。また「カルタヘナの庭を引き裂」かねばならないのでしょう。目的とそのための行動が、フレーズをそのままたどるだけでは理解できないのです。
　この詩は、民謡が歌う庶民の生活感情を土台に、運命の恋をもとめる僕の軌跡を描いた、二重性のなかにあります。それとは別にこの詩は、ふたつの部分を持っています。僕の軌跡を描いた地の文と、斜字体で描かれたグラナダの姿です。このふたつの部分はどのように関わりあっているのでしょうか。
　まず、斜字体の部分を考えてみましょう。2連では、木蔦の間に溺れる月が、グラナダです。人知れず逢瀬を重ねるふたりには、木の間に洩れるくらいの月の光がふさわしいでしょう。つまり2連は、1連の背景

解説　93

描写になっています。

　4連は、説明が必要です。グラナダは、夕景の美しさが有名です。ここで鹿にたとえられたものの本体は、「風」です。夕方になって、雪を抱いた山々はばら色に染まります。一陣の風が山並みを吹き渡り、ふもとの街のほうへと吹き抜けていきます。風が山並みを吹き抜けるとき、木々が順を追って同じ方向へ大きく揺れていきます。それは、ばら色の鹿が駆け抜けるようです。風が街路を通り過ぎるときは、ところどころの風見鶏をからからと回します。この情景こそ、グラナダの象徴です。僕は、カルタヘナの庭と訣別してきた。カルタヘナは、賑やかでいま華やかに発展しつつある港湾都市です。それよりも僕の心を奪うのは、このばらいろの一匹の鹿だったのです。以上のように、4連は3連の僕の行動を支えるものを描いています。

　このようにして2連、4連は、それだけ取り出してもグラナダのエッセンスを描くものでありながら、運命の恋をもとめる僕の行動と一体になった描写となっているのです。くり返しますが、「僕はカルタヘナの、おしゃれだが中身のない恋と訣別して、運命の恋をするためにグラナダへ帰ってきた、そこで君に会い、愛を誓うバーベナの花冠を君に捧げる」のです。詩そのものはこのように展開し、ロマンチックにドラマチックに君との恋を歌いあげていきます。

　しかし、まったく違った読み方もできます。「君」を、グラナダのことだと捉えるのです。すると背景描写であった2連、4連が主役に躍り出るのです。木蔦に溺れる月であるグラナダは、いまのグラナダです。かつてはあれほど美しく、空のうえ高くのぼり周囲を照らしていた月は、いまは木の間に溺れているのです。グラナダは疾駆するばら色の鹿です。でも、どこへ？　行方も定めず走り抜けながら、警鐘のように諸方の風見鶏をからからと回してまわるのです。そのグラナダのために、僕は愛を誓い、カルタヘナと訣別するのです。そしてこれは、亡命するチャンスはいくらでもあったのに危険を顧みず、周囲が止めるのも聞かず、死地であるグラナダへ戻ったロルカの心情そのものでもあります。

　この詩は読者に、どちらの読み方をするか強制するものではありませ

94

ん。その時々のもっとも切実な心の動きにしたがって、読者が選べばいいのです。読み方によって別の顔を見せるところに、この詩のわくわくする面白さ、豊かさがあるのです。

夕暮れのシエラネバダ山脈（'98年、筆者撮影）

さて、最後の連です。

3行目 me abrasaba en tu cuerpo ですが、abrasarse en は、「〜に身を焦がす」という意味です。たとえば、Su marido se abrasaba de celos. は、「彼女の夫は嫉妬に狂っていた」となります。ですから、「僕は君のからだに、身を焼いた」ということになります。

4行目の、sin saber de quíen era は、単語を英語に直すと sin=without /saber=know / de quíen=whose/ era=was となります。「そのからだが誰のものか知らない」のです。逢瀬を重ねて性愛をかわすようになったのですが、「君が本当は誰のものか、僕にはわからない」すなわち、「君が僕のもの（運命の恋の相手）という確信が、まだ僕の方へやって来ない」と言っているのです。君がベラの鐘の告げる相手である、という確信がまだ持てていない、と言うのです。「君」が「グラナダ」のことだと考えると、「これほどグラナダを想い、恋しているのに、グラナダが今どうなっていて何処へいくのか、僕にはわからない」というのです。この痛切な心情と不安を指示する最後の1行が、それまで描いてきた恋情を指示するすべての行と拮抗しています。それだけ、危機意識は深いのです。

さて、最後にタイトルを検討してみましょう。タイトルは、"Gacela del amor que no se deja ver です。dejar ver は、「ほのめかす、悟らせる、明らかにする」などの意味があります。se + 動詞の三人称単数形というのは、無人称文で、一般論を言うときに用います。「明らかにすること」が no で否定されているのですから、最初に、「明らかにできない

解説　95

恋のガセーラ」というタイトルを考えました。しかし、「明らかに出来ない」という言葉のポイントは、他者の目にどう気を使うか、あるいは他者の中に自分たちの恋をどう置くかということです。このように「他者の目を気にするような意識や表現」は、いま見てきましたように、存在しません。このように、一貫した解釈ができるようになるにつれ、「まだ本当の姿をみせていない恋」、という結論に至りました。最後の行が、タイトルと響きあっているのです。

■ガセーラⅤ　死んだ幼い男の子のガセーラ

　グラナダはアラブ時代に開墾が進み、アルヒベといわれるため池や、水を供給する溝がたくさん作られました。もとは乾燥した大地だったのですが、山からの水や降雨などを溜め廻遊させることによって、耕作の出来る豊かな土地に変えていったのです。アラブ人が残していったそれらのため池や溝のせいで、子どもの水難事故はたびたび起こったことでしょう。この詩の出だしは、そのことが前提になっているようです。Todas las tardes のくりかえしで始まるこの詩は、日本でも有名です。そのリズミカルな言葉づかい、ショッキングな内容、まるで神話劇をみているような展開に魅せられるのでしょう。

　さて、まず全体を概括しておきましょう。

　1連：男の子が毎日、昼下がりになると死んで、水とおしゃべりをする。2連：男の子たちは天使になる。不吉な何かが起こりそうな雰囲気が拡がる。3連：不吉さのなかでの逢瀬と、「君」の死の予兆。4連：「君」の死と、大天使への転生。

　とても神話的な展開です。ここで「神話的」といいますのは、「すべてのものがひとつの悲劇を構成するために意味を持ち、その悲劇は人間の手によってはどうすることもできない宿命的なものとして現れる」という意味です。ロルカは悲劇的な死を描きながら、天上的なものを導入することによって、死を意味あるものへと救済しようとしています。

　では、こまかく見ていきましょう。

1連。ここでは、「『毎日』昼下がりになると、『男の子がひとり』（必ず）死ぬ」と断定しています。決められた定めのように。ここが異様な、驚かされるところです。しかも、「他ならぬ、ここグラナダでは」。ここで既に、物語が現実の模写ではなく、幻想的な物語＝神話であることが感じ取れます。

　詩の展開の仕方に注意してみましょう。Todas las tardes（トダス・ラス・タルデス）という言葉の、ここちよいリズムをリフレインしながら、小出しに「グラナダで」「男の子が死ぬ」「水は……」と言葉を重ね、次第に全容が明らかになっていきます。これは、歌謡的な展開です。原詩では、流れるのをやめた水がおしゃべりをするのは、「sus amigos（水の友達）」となっていますが、翻訳上の意味をはっきりさせるためにあえて「死んだ男の子たちと」と訳しました。

　4行目で、通常使われる「死の意味」が反転されています。私たち生者からみれば「死んでいる」ように見えても、「水とおしゃべりをする」というかたちで子どもたちは「生きている」のです。「死」とは、質をかえて別のかたちで生きることなのです。

　ここで、niño という言葉のロルカにおける特別な意味を、考えておかなければなりません。「幼い男の子」と訳しましたが、これにあたる日本語は「こども、少年、児童、学童、がき（いずれも男の）」などですが、niño とはニュアンスが違います。niño という言葉が含む天上的なニュアンスが、日本語にはありません。年齢的には、だいたい幼児から小学低学年あたりがあてはまります。天からもたらされた命がまだ無垢のままに、ようやく現世に場所を得て、与えられた「人間」という枠になじんできた頃、とでもいいましょうか。天上と現世をつなぐ存在であり、人間という存在の初心でもある niño にロルカはこだわり、聖なるものとしてあこがれたり、現世の意味を捉えかえす象徴的な存在として登場させたりします。この詩でも、天上から降りてきた聖なるものが、水によって天上へと送り還される姿として niño は描かれています。

　「水」もロルカにおいては、聖なる特別な意味をもっています。それは、聖なるものが生まれ、また還っていくところであり、現世の汚濁が

解　説　97

グラナダ市内にはアルヒベと呼ばれる地下貯水施設が点在していた。ここは、アルハンブラ宮殿アルヒベ広場のアルヒベ地上部。1990年当時はバルとして営業していた。（筆者撮影）

アルヒベ（地下貯水施設）地下部。巨大な地下空間に大量の上水が貯蔵されている。（'90年、筆者撮影）

浄化されるところでもあります。この詩のあとにも他の詩で、その意味での「水」が何度か登場するでしょう。それにしても、なぜグラナダではniñoが毎日ひとり、天へと召還されなければならないのでしょうか。その理由はこの詩では示されていません。

　2連。最初、私はこの詩を、「死んだ男の子たちが天使（翼を持つもの）や、二羽のきじ、傷ついた若者、君、へと順次転生し、最後に大天使として死ぬ」、と受けとめていました。しかしこの解釈の立場からは、2連の解釈がうまくいきません。男の子たちは、風や昼という自然環境にも転生したことになります。数も合いません。たくさんだったり、二羽だったり、ひとりだったり。そこで、1連が提示する物語と、それ以降の物語は、いちおう別のものだとわかりました。ですから、この連の「風はきじ」「昼は傷ついた若者」とは、転生のことではなく、隠喩です。「風はきじのよう」であり「昼は傷ついた若者のよう」であるのです。

　「二つの風は、さながら二羽のきじのように塔の間を吹きすさんでい

た」のです。世界に災厄をもたらす不吉な風と、浄化をもたらす澄んだ風が塔の間を吹きすさんで、からまりあい交じり合いながら、緊張をはらんだ不穏な空気が満ちている、ということです。

　そして「昼は挫折した若者のようだ」とは、希望や夢を打ち砕かれた若者のように落胆や失望があり、それとともに若者らしく再起への願いや熱気も渦巻いているのです。つまり風のことをいい、昼のことをいっても、同じ事を別の表現で提示しているのです。ですから、このふたつのことはひとつの文章で表され、yでつないであります。そしてこの状態が、「男の子たちが翼を身につけること」によってもたらされたということを、この連の最初の行で暗示しています。死んだ男の子たちが、大天使を呼んでいるのです。

　なお、「昼」とかぎかっこをつけましたのは、日本語で「昼は……」と書くと、副詞的に理解されてしまうおそれがあるからです。「昼という時間帯には、傷ついた若者だった」というように。この詩では、「昼」は名詞で主語なのですから、それを明示するためにつけました。

　3連。2連の、矛盾や葛藤をはらんだ不吉な雰囲気は、この連でいっそう高まります。突然「僕」と「君」が登場して、物語は恋愛の場面となります。逢瀬に使われたワインの洞穴とは、山肌に掘られたワインの貯蔵庫のことです。野原や山路をたどって行き着く人のあまり来ない場所ですが、ひばりをはじめ、生きものは普通はたくさんいるはずです。逢瀬の時、その生きものの「姿ひとつ残っていなかった」。君が川で溺れるくらいだから、水をもたらす雨雲が天をおおっているはずなのに、大地には雲の影すらなかった。この言い方に注目してください。

　これは、悲劇的な結果がすでに明らかになったあとに、その時のことを思い出して述べていく表現の仕方です。「出会ったとき」「溺れていたとき」、どのような予兆があったかを指し示そうとしているのです。そこに、人にはどうすることもできない、神の意志をみようとしています。その意志が、4連で実現されます。

　4連。逐語的にたどってみます。（1行目）giganteは「巨人」と訳しましたが、「巨大なるもの、圧倒的な力をもつもの」のことです。Un

解説　99

gigante de agua とは、「水の巨大なかたまり」のことです。caer sobre は、「～の方へなだれ落ちる」ですから、「水の巨大なかたまりが、山々になだれ落ちた」とも訳せます。しかしこれですと、天上的な意志の力を示すのが弱くなるので、既訳のようにしました。

（2行目）y で結ばれて1行目と同じ文章になり、連続的な出来事になります。山々が襲われて、その山の間の谷が押し流されたのです。con ～ con ～と続きますので「谷は押し流されてしまった、…犬さえも、…山ゆりさえも」というニュアンスです。ここで「犬」とは人間の普段の生活にもっとも近いものの象徴であり、「山ゆり」とは山が育む生命の象徴です。みんな、根こそぎにされたのです。

（3行目）3、4行は、Tu cuerpo era un arcángel de frío. というひとつの文章に、ふたつの句が挿入されています。3行目は、まず「君の身体」がクローズアップされます。con で、「君が身につけているもの」を示そうとします。それが、「僕の両手の、紫の影」です。位置関係から考えると、「倒れた君を抱き起こそうとしてのばした僕の手の影が、君の身体に落ちている」とみえます。しかし僕の想念ではこの影は、「僕の手の影でつくられた君の翼」なのです。この二重のイメージを聴衆に提示しています。この句の存在があるからこそ、最後の「大天使」が違和感なく受けとめられるのです。

（4行目）そしてもうひとつの挿入句である「水辺で死んでいる」は、「君」が「水の巨人」の犠牲者であると同時に、死んでいった男の子たちと同じ死と転生を再現するものであることも示しています。これらすべてを踏まえた上で、最後に un arcángel de frío が歌いあげられます。

この詩は、理不尽な力によって失われた小さなものたち、身近な愛するものたちへの、ロルカの鎮魂歌です。理不尽な死を、無垢で聖なるがゆえに神に召還され転生されたものとして、救済しています。そして、その死を悲しむ多くの人たちに慰謝を与えようとしているのです。

まず最初に、死と転生の原型を niño の死を通して示し、その再現を君の死を通して示しているのです。人は非業の死をどのように受けとめ、受け入れることができるのか、という問いへのロルカの答えなので

す。

■ガセーラⅥ　にがい根のガセーラ

　Hay から始まって、「にがい根がある」「千のテラスを持つ世界があ
る」と続きます。この「にがい」という言葉が重要です。この言葉に
よってロルカは、「ひとつの根」を「にがい」と認知する「僕」を存在
させているのです。

　では、この「根」とは何でしょうか。この根は、感受されることに
よってのみ存在しえているのですから、結局「にがい根がある」とは、
「僕がいる」ということと同じです。つまりタイトルの「にがい根のガ
セーラ」とは、「にがさを感受する、僕という存在のガセーラ」と読み
かえることもできます。

　つぎに、「千のテラスを持つ世界」とは何でしょうか。テラスとは、
「部屋から張り出した空間で、庭のようにして使う所」です。つまり世
界はたくさんの、分断され独立した部屋でできていて、それらの部屋か
らテラスが張り出しているのです。「千のテラス」と言うのですから、
団地やアパートなどの集合住宅を想定させます。このテラスは、たしか
に外部と通じています。しかしそれは擬似的な「庭」でしかなく、かつ
てのように隣人どうしが行きかう本物の庭ではありません。それは寄る
べき共同体を失い、孤立した個の集合として成立した近代社会のあり方
を象徴するものです。そこには濃密な人間関係や共生感などなく、利害
打算や気まぐれによっておりなされる離合集散があるばかりです。

　感受する存在としての「僕」と、多様性や猥雑さの中に「個」が溶解
してしまう近代社会、このふたつがここで対置されたのです。

　つぎの連は、Ni という否定の言葉から始まっています。前の連が
Hay から始まる、存在を提示する文章だったのに、ここでは「不可能」
を提示する文章になっています。なぜロルカは1連と同じように、"Hay
una puerta del agua." と述べたあと、「その扉は……でもうちやぶること
はできない」と表現しなかったのでしょうか。そもそも、この扉はどこ

解説　101

グラナダ　サン・ヘロニモ修道院。外見は城砦、内部には壮麗精緻な装飾。('90年、筆者撮影)

にある扉なのでしょう。

　私は最初、「テラスをもつそれぞれの部屋にある扉」のことと理解していました。この理解に立てば、「最も小さな手でも」がまったくわかりません。最上級が使われている以上、この扉はたくさんある扉のうちのひとつではなく、たったひとつの扉であるはずです。ですから、前の連の描写とは別に考えてみなくてはなりません。

　「水」とは、ガセーラⅤの解説でも指摘しましたように、聖なる特別の意味があります。「水の扉」とは、「聖なる扉」「無垢なるもののみが開くことのできる扉」でしょう。だから、「最も小さな手」すなわち「生まれたばかりの赤ちゃんの手」ならあるいは開くことができるかもしれない扉です。そういう前提を置いたうえで、「その赤ちゃんの最も無垢な手」でも「うちやぶることはできない」――絶対無垢の、もはや人間の域を超えた領域があって、そこにあるのが「水の扉」だ、ということになります。

　でも絶対無垢の、人間を超えた空間に、なぜ出入りをするための「扉」が（やぶることはできないとはいえ）あるのでしょうか。それは、赤ちゃんさえ通ることのできない扉ではありますが、出入りを完全に拒絶した空間ではなく、人間の知るすべもない千にひとつ万にひとつの可能性として、入ることが許されるかもしれない空間なのです。

　こう理解していくと、なぜロルカが "Hay una puerta del agua." と言えなかったかが、わかります。この扉は、「根」や「世界」と並置できるような存在ではないからです。そして人は、不可能なこの領域に、「水の扉」があるがゆえに、いつもひかれるのです。ガセーラⅠの "siempre" を想起させます。

quiebra（原形 quebrar）の訳が難しいところです。「うちこわす、や
ぶる、こわす、折れる、引き裂く」などの意味があります。外部を拒否
している扉を力を込めていやおうなしに押し開くことは「赤ちゃんにも
できない」という意味ですから、「うちやぶる」と訳しました。

　1連、2連を通してロルカは、三つの階層を提示しました。「にがい
根」という、生身の僕が生き死にする階層と、僕を包囲する「千のテラ
ス」のある近代社会と、僕の手の届かない聖なる領域と。またこの三つ
は、こうも言えます。恋の現場と、恋をとりまく世界と、恋が求めてい
く世界と。描写の視線は、手元の僕という存在から始まり、集合住宅の
テラスを見上げ、やがて頭上高く虚空に存在する聖なる領域に至りま
す。視線をあげていきながら、僕は君を捜しているのです。

　"¿Dónde vas, adónde, dónde?" つまり「君」は、僕の元にはいないので
す。それが、「にがさ」をもたらす理由です。「君」は、かつては僕と共
に在って、不可能とも思える絶対的な価値をともに求め、夢見る存在
だった。しかし理由も明かさないまま君は、僕の元から去って行った。
僕は君の不在の苦しみをにがさとして味わいながら、なお君を三つの階
層の中に捜しているのです。

　一度、天の高みにのぼった僕の視線は、やがて降りてきます。天の奥
の極みから、頭上の空へ、そして手元へと。君の不在を確認した今は、
テラスは窓へと縮小し、僕の頭上を重苦しく支配しています。そして、
「テラス」と言い、「窓」と言ってきたものが、「蜜蜂の巣」を原イメー
ジとしていることが明らかにされます。社会であくせく活動している
人々は、「蜜蜂」に喩えられています。lívidas とは、単に「青白い」と
いう意味だけではなく、「打ち身やねんざで皮膚が変色してできた、青
または紫色のあざの色」のことも言います。日々の競争や争いごとで蜜
蜂たちは、青白く傷ついているのです。この闘いの場が、「千の窓を持
つ空」です。

　なぜ、人々は蜜蜂に喩えられたのでしょう。なぜなら、彼らは生きる
ことそれ自身に夢中で、魂を必要としないからです。だから、「にが
さ」とも無縁です。彼らの間を通り抜けながら僕は魂を共有する君を捜

解　説　103

すが、君はいない。最後に残ったものは「ひとつのにがい根」だけです。

"Amarga." このにがさは、第1行の「にがさ」とは別のレベルのにがさです。第1行のにがさは、君の不在を現認したことから来るにがさでした。ここでのにがさは、君を求めてあらゆる所を捜したうえで到達した、絶望的なにがさです。君が不在になった理由をさんざん考え尽くしたうえで、なおわからない、そのことのにがさです（もしその理由がわかったのなら、身体は僕の元にいなくても、決して君は不在ではありません）。僕は君を永遠に失ったのです。そして失ったのは君だけではなく、君とともに味わったいくつもの歓びの時、君とともに見たさまざまな夢、すべてです。だから、僕の存在は、にがさそのものとなってしまったのです。

次の連。原詩通りの語順で訳してみますと、

〈足の裏で　痛む／顔の内側が、／そして痛む　新しい幹の中で／切り取られたばかりの夜の。〉

こうすると、何がどこで痛いのか、わかりにくくなりますので、既訳の通りにしました。それにしても、顔の内側が足の裏で痛むとはどういうことなのでしょう。痛みをもたらす根源は、顔の内側にあります。にがさです。その痛みの根源が、自覚症状としての痛みをいろいろな所に引き起こしているのです。「足の裏」や「夜の幹」に。顔の内側でにがさとして捉えられたものが、より内的なものとして取り込まれたがゆえに、身体全体にすみずみまで痛みとして感じられるのです。ある時は「足の裏」ですが、たとえばそれは「指の先」でもいいのです。「顔の内側」ともっとも離れたところでさえ、痛みを感じるのです。

「切り取られたばかりの夜」とは、君の不在を確信して絶望した夜のことです。君とともにある夜は、濃密な連続した充実した夜だったはずです。君がいないために夜は、空虚で無意味なばらばらの時間がただ過ぎていくだけのものになったのです。「切り取られたばかりの夜の新しい幹」とは、そんな時間の任意のひとこまを意味します。そのひとこまを自覚したとき、君のいない孤独を痛みとして感じてしまうのです。こ

れは、amarga が、僕の現実世界で展開していくようすを表現しています。

　そして僕は、終に君に訴えなければなりません。「愛する人よ、しかし僕に、にがさをもたらした敵でもある人よ！」ここで注意しなければならないのは、愛する人に「嚙め！」と言っているものが、「僕の」にがい根ではなく、「君の」にがい根であるという点です。先に「蜜蜂は魂を必要としないから、にがさとも無縁だ」と述べました。君がもし、蜜蜂と同類の存在になったのだとしたら、にがい根を持っているはずはありません。ここで「君のにがい根を嚙め！」というのは、君がにがい根を持っているのを僕がまだ信じているからです（あるいは、信じようとしているからです）。もし、にがい根を君が嚙んでくれたら、君が帰ってくるかどうかは別として、そのにがさを共有できるのです。つまりこれは、強いられた別離に絶望しながらも、なお君を求める、最後に僕に残された言葉だったのです。

■ガセーラⅦ　愛の記憶のガセーラ

　なぜ、「行方知れない恋のガセーラ」が「G（ガセーラ）１」として冒頭に配置されたかが、G７まで来るとあきらかになってきます。それぞれのテーマを見ていきますと、G１では、〈逢瀬の至福とそこに忍び寄る不安〉です。G２「手に負えない存在のガセーラ」では、結局のところ、〈君への賛歌〉です。G３「絶体絶命の恋のガセーラ」では、〈苦難とたたかう恋人たち〉です。G４「姿を見せない恋のガセーラ」では、〈宿命の恋を求め続ける僕〉です。G５「死んだ幼い男の子のガセーラ」では、〈死んで大天使へと転生する君〉です。これらはすべて、恋が成立したうえでの、さまざまな感情や苦闘が描かれています。G６「にがい根のガセーラ」で、初めて〈愛の破局〉が描かれました。G７では、今まで描かれることのなかった〈破局後の傷心〉がテーマになります。こうして、１から７までを巡ることでロルカは、恋愛がもたらす感情の諸相を描いていくことになるのです。ですから、「行方知れ

解　説　105

ない～」が恋愛の頂点を示すものとして、冒頭の詩篇に選ばれたのです。

　この詩はすべてが2行で構成された連で成り立っています。ひとつひとつの連は（全部で12連ありますが）、ふたつを除いて、すべて独立した文章になっています。それらの連が、それぞれ鮮やかなシーンを提示し、それを積み重ねることによって、詩が展開することになります。この詩はすべての行で韻を踏んでいます。韻を踏むごとに、歌唱の力強さがより強められ印象が深くなっていきますが、韻を踏むために選ばれた言葉が意表をつくほどの多様性をもっているために、私たちはいつのまにか引きこまれてしまいます。

　この詩は、12もの連で構成されていますが、「君は　愛の記憶を持って行くな。ただそれだけは　おいておけ　僕の胸に、」というメッセージで最初と最後がサンドウィッチされ、また、「僕を死んだ者たちと分かつのは　悪夢の壁だ」というメッセージで中ほどがサンドウィッチされています。このサンドウィッチの意味がわかれば、この詩の全体が理解されます。

　では、最初の連のメッセージはどんなものでしょうか。

　「tu recuerdo を持っていくな」と言っています。これを日本語に直訳してしまうと、「君の記憶を持っていくな」となります。すると、「僕の、君の記憶」すなわち「君に関する、僕の記憶」と理解してしまうおそれがあります。日本語訳が、意味をあいまいにしてしまうところです。ここで示されているのは、「君が所有しているところの（僕と君に関する）愛の記憶」のことです。しかしそれなら、「君が所有している、愛の記憶」とは、何のことでしょうか。

　愛の記憶は、恋がうまく行っている間はもちろん共有されています。君の記憶も僕の記憶もない、ふたりの記憶があるばかりです。しかし別れてしまうと、「君の記憶」と「僕の記憶」に分裂してしまいます。その、分裂してしまって、君が所有することになった「愛の記憶」のことを言っています。君が出て行く際に、「君の（所有する、愛の）記憶」は置いておけと言っているのです。そんなことを言っても、君の記憶は

君のものだから、君とともに持って行くに違いありません。しかし、た
とえ持って行ったとしても、分裂する前の、恋を共有していた頃の記憶
は、その心を真に理解し我がものにしている自分の方に所有権がある、
と言っているのです。

　「記憶」とは、「解釈」のことです。解釈なしに、記憶は成立しませ
ん。「あの時の旅行は楽しかったねえ」という記憶は、その旅行のいき
さつや同行者とのやりとり、さまざまな出来事、旅行の後にもたらされ
たものなどの総合的な評価の下に成立しているのです。だから、「君
の、愛の記憶をおいておけ」ということは、「愛の評価を君にゆだねる
ことはできない」ということを意味します。

　つまり、「ふたりの恋についての解釈権は、独占的に僕の方にある、
君には渡さない」ということです。だからこれは、別れた後の君の行動
や発言に対して、意見を言ったり、お願いをしたり、なんらかの要求を
するものではありません。君が僕たちの恋について、どう思おうと、何
を言おうと、僕の解釈の方に一方的に正当性があるよ、というもので
す。表面では「おいておけ」ですが、裏では「どうせ、おいていかない
だろうな。でも君が持って行こうとする記憶は本物ではないのだから
な。君がどうしようと、おいていったことと同じになるのだからな」と
いう意味が込められています。もう僕は、「別れ」を既定のものとして
受け入れているのです。この詩は、既成事実として別れが現実のものと
なった僕の「傷心」を詠ったものです。未練は詠っていません。ただ、
その死ぬほどの苦しみを詠っているだけです。

　2行目は、「ただそれだけはおいておけ　僕の胸に」と訳しましたが、
文法的には solo は動詞を形容する副詞ですから、正確に言うと「おい
ておくことだけはしろ」と言う意味になります。他は何をしてもいい、
と言っています。「みんな君にあげる、好きにしろ」しかし「これだけ
は渡さない……」と言っているのです。考えてみると、すべての愛の記
念品を相手に譲って、それ以上の価値のあるものを、相手に要求してい
ることになります。過去となったふたりの愛と訣別しながら、その魂だ
けは救おうとしているのです。

解説　107

そのように言い放ちながら、僕の胸は、一月の厳しい寒さの中の、雪の積もった桜の木のように、震えているのです。

　さて、そのように自分の意志を告げた僕は、しかしもう死んだも同然なのです。僕を死者とわずかに分かつのは、堆積する悪夢の存在だけです。3連を直訳すると、「僕を死者から隔てているのは、悪夢の壁だ」となりますが、これは「悪夢の壁が、生きている人間（僕）と死者との境界線である」というわけではありません。「僕が生きている唯一のしるしは、悪夢の壁だ」と言っているのです。9連では、行の順番が逆になって、「（以上のべたように）、悪夢の壁が、僕を死者から分けている」と言っています。このふたつの連で挟まれた4〜8連は、その悪夢に苦しむ僕のようすを描いています。

　4連では、死んだも同然の血の失せた心に何とか生気を与えようとしますが、「摘みたてのアヤメの哀しみ」しか与えることができません。pena は、多義であり、「哀しみ、苦痛、後悔、苦難、刑罰、羞恥」などの意味がありますが、「生気を失った心に、感情を呼び戻そうとしている、たとえそれが哀しみであっても」と理解しました。

　5連では、"Toda la noche, en el huerto ／ mis ojos, como dos perros." と、文を省略しながらたたみかけるように述べます。「夜の間ずっと、農園で／僕の両目、二匹の犬のように」と。農園にいるのは僕なのでしょう。そして両目は、農園で侵入者からその獲物を守る番犬のように、夜通し眠らなかったのでしょう。「農園」は、僕にも犬にもかかっています。

　6連。夜通し眠れない僕は、食欲がなくて、かりんぐらいしか、のどを通らない。食べすぎると毒になるのは、わかっているのに。

　7連は、el viento（風）が、8連は la madrugada（夜明け）が主語です。後者は、倒置されています。Algunas veces は、両方の連にかかっています。veces は、vez の複数形ですから、正確には「ある時々には」です。そんな日本語はありませんが、「不眠の中でもうろうとしていて、ふと気づいて外を見ると、野原の中に一本のチューリップがおびえたように揺れていて、それで風が渡っていくのがわかった、そんなこと

が何度もあった」ということでしょう。同じように、「夜通し起きていて、気がつくと夜が明け始めている、夜明けの薄明かりのなかで一本のチューリップが病みつかれたようにしおれているのが見えた、そんな夜明けを何度も

ロルカの生家を訪ねたら、台所のテーブルに、かりんとざくろが盛られていた。('86 年、筆者撮影)

迎えた」ということでしょう。チューリップは「ありがたくない恋」「めでたくない恋」のシンボルとして知られています。チューリップは不幸な結果に至る恋の象徴なのですから、そこに自分たちの恋を見ています。

　このように、悪夢に耐えながら、今の僕はわずかに生きている（9連）、というのです。

　君は、どうだろう。君だって僕と別れたのだから、君の身体は燃えることはないだろう。ふたりがともにある時、君の身体は、そして君の身体の灰色の谷間はあれほど激しく燃えたのに、もうそんなことも無いだろう。君の身体は冷めた大地となって静かに横たわったままで、やがていつのまにか雑草がその上をおおうようになるだろう。（10連）

　そして、ふたりが出会った場所であり、逢瀬のための目印にもなり、愛の象徴でもあった el arco del encuentro は、喜ばしきすべての意味を失い、今は逆に、人の生気を奪う不吉な場所になってしまっている。（11連）

　最後の連の冒頭の Pero の意味が、重要です。これはもちろん、最初の連の単なる繰り返しではないからです。この Pero は、それまでの 11 の連のすべてを受けとめた上で、発せられています。それまでの 11 の連で、「恋が終わったこと、僕は悪夢に苛まれ死んだも同然になり、君もおそらく同様であろう」と、述べてきました。では、その終わってし

まった恋は、うち捨ててしまっていいのだろうか。「とんでもない（Pero）。愛の記憶はいまも生きていて、僕の手元にあり続ける。」ロルカは、そう言っているのです。

■ガセーラⅧ　人知れぬ死のガセーラ

1連。「りんごの眠りを、眠りたい」。この dormir は自動詞ですから、el sueño de las manzanas は副詞句です。りんごは複数形ですので、「りんごたちが眠るように、眠りたい」ということです。果樹園のりんごの木に実がいっぱいなって、夜の微風の中で静かに眠っている、そんなふうに眠りたいということでしょう。りんごは西洋では、「永遠の生命」のシンボルです。その完璧な形、赤い明るい色、ぎっしりと充実した果肉は、ぬくもりやエロスを感じさせます。

2行目は、冒頭の quiero が省略されています。1行目の望みに付帯する望みですから、既訳のとおりにしました。ロルカは、果樹園の静謐の向こう側にある、墓場の喧騒を対比しています。多くの人の不慮の死、非業の死が続き、葬儀が絶え間なく行われている現状が想起されているのです。

3行目で望まれている眠りは、「あの niño」の眠りです。「あの（aquel）」とは、「僕もあなたもよく知っているあの……」ということですから、G5 にも登場しました、〈天からもたらされた命がまだ無垢のままに、ようやく現世に場所を得て、与えられた「人間」という枠になじんできた〉niño ということになります。niño は、海の沖で「心臓を止めたいと願った」のですが、そこが、niño の意志にかかわらず神が召還した G5 の niño と違うところです。

つまり、海の沖という聖なるものが生まれるところへみずから逃れていって、そこで現世を拒否して神からの召還を望んだということです。なぜ現世を拒否するのでしょう。墓場が休まることのない悲惨な現状のなかに、聖なるものの居場所はないからです。このような niño の眠りは、りんごの眠りと同置されています。同じものだと言っています。つ

まりロルカは、悲惨な現実から離れて、聖なる眠りを眠りたいと望んでいるのです。

　私は初め、「死を望む niño と同じ眠りを望むのだから、ロルカは死を望んでいる」と考え、それでは「僕は眠りたい」と矛盾するので、混乱しました。niño が望んでいることは、死ではなく、聖なるものへの帰還だったのです。そう考えることで、この連を理解することができました。

　2連。では、「墓場の喧騒」と表現される現実は、どういうものなのでしょうか。No quiero que me repitan が、que 以下で作られるふたつの節にかかっています。repitan の原形 repetir は「繰り返す、繰り返し言う」の意味で、どちらとも取れます。しかしここでは、自分の外の事実にたんに意見を言っているのではなく、〈自分の身に直接降りかかってくる事柄に対して、それを拒否している〉ということですから、やはり、「繰り返し言って欲しくない」の方をとります。それが、つぎの文章に出てくる「知りたくない」とも、対応しているのですから。「繰り返し言って欲しくない」とは、つまり「聞きたくない」ということです。とすると、そのことは誰もが言っていること、みんなの常識なわけです。みんなが陥っている状態であり、口々に問題にしていることなのです。では一体、何を？　「死者たちが、血を流し続けること」を。

　pierden（原形 perder）は「失う」という意味ですから、直訳すれば「死者たちが、血を失わない」ということです。死者たちが、納得してあの世へ行けない、この世に遺恨を残し、さまざまな想いを残しながら、死んでしまったことを意味します。もうひとつは、「腐った口が水を追い求めること」。「腐った口」とは、「溺れて死のせとぎわにまで追い込まれた人の口」です。溺れた人は、水をたらふく飲んでいるはずです。その人が、なぜ、なお水を求めるのでしょうか？　それは、「多すぎる水が自分を損ない死に至らしめようとしている」ということが、その人には自覚されていないからです。そのような人々がたくさん存在している、そのことをロルカはもう、「聞きたくない」のです。

　この「水」を、「さまざまな正義」の比喩と理解すれば、G2で出てき

解　説　III

た「夜と昼の闘い」のうち、「昼」のことを言っているのがわかります。

　つぎの文章では、No quiero enterarme が、ふたつの句にかかっています。ひとつは、「草がもたらす（que da la hierba）」苦難（martirios）です。martirios は、「殉教、宿命的な苦難」を意味します。これは、G2の「緑の毒」のことです。草が草であろうとすることによってもたらされる苦難のことです。そのことを、知りたくないのです。

　もうひとつの、「夜の明ける前に活動する　蛇の口（獲物を求めている）を持った月」とは、夜に乗じて暗躍し、テロや暗殺を繰り返す者たちのことです。ロルカは、揺れているチューリップに風を見ます。では、月の明かりに照らされてうごめく暗い影のことを「月」と表現しても不思議はありません。夜が明けて、事件が明るみに出て、悲嘆にくれる家族の哀しみを耳にし、その事件に関する噂がひそひそ伝わってくる、そんなことをロルカは知りたくないのです。

　3連。そして僕は眠りたい。「ほんの少し、一分、一世紀」、つまり必要なだけ。でも、死ぬわけではありません。

　3行目の、pero のあとは quiero が略されています。そして todas sepan は、そのあとの que 以下で始まる四つの節すべてにかかっています。みんなに知って欲しいのは、「死んだのではない」こと、「馬小屋」「友達」「広大な影」のこと、すべてです。僕には大きな使命がある、だから死ねない。その使命がここに、示されています。

　「僕の唇は金の馬小屋がある」とは、自分にある、人よりすぐれた文学的才能を駆使して、人々の胸をうつ作品を書くことです。「僕は西風の小さな（これは謙遜）友達」とは、西風が〈聖なる言葉を伝える使者〉のことですから、その友である自分は、現世を超える聖なる価値観をもって現実に臨む、ということです。「僕は僕の涙の広大な影」とは、確かに自分は現実のあれこれに対して悲憤慷慨するが、それは外に表れた自分の一部にすぎず、本当の自分はもっと深く大きいのだ、ということです。ここには、ロルカの時代に向かって生きるに際しての、誇りと自負と自覚があります。ここへ来て初めて、ロルカのいう「眠り」が、たんなる現実逃避や休息ではないのがわかります。これらの使命を

果たすために必要なものが、「りんごの眠り」なのです。

それにしても、ここで呼びかけられている「みんな」とは、誰のことでしょうか。ロルカと魂を共有し、ロルカの言葉がきちんと届く人々、現状に苦しみながらもその現状を変革するだけではなく、魂も救済されることを望む人々、すなわちロルカの歌を聴きにきているすべての聴衆のことです。ロルカと「みんな」の間には、深い連帯感があります。だからつぎの連のように、ロルカは頼むのです。

フェンテ・バケーロス村近くにある遺跡「モーロ人の見張りの塔」。少年ロルカの遊び場であった。('95年、筆者撮影)

4連。「僕をベールでおおってくれ」とは、「僕を政治的な場所や公的な役割からはずして、そっとしておいて欲しい」、そして「ひとりで静かに過ごさせてほしい」ということです。群がってくる蟻とは、敵ばかりでなく、自分のとりまきも含みます。自分をあわただしい日常に引き戻そうとする、有象無象たちのことです。朝になると彼らが起きてきて、自分を日常に連れ戻そうとする、と言っているのです。

そうやってベールで身体を隠しても、足だけはベールからはみだすかもしれません。だからその足の部分は、硬水で濡らして、靴を硬くしてほしい、さそりが襲ってきても「はさみが滑る」ように、と言っています。硬水とは、鉱物の要素を多く含む水のことで、ものを堅くする性質があります。さそりは、当然、警察や右翼のテロリストたちのことです。

5連。そして「眠り」の本当の目的がここで明らかにされます。2行目にそれが示されています。aprender は、「習得する、身につける、習う」という意味で、人の意欲的で熱心な努力の末になされるものです。aprender のために、「眠る」というのですから、その眠りは積極的意欲的なひとつの行為であると、考えられます。llanto は、「死者を葬る歌

解説　113

＝挽歌」です。それは、僕から土（不浄）を払い落としてくれるもので
もあります。自ら浄められ、鎮魂の能力を得るために、それによってこ
の混乱と悲惨の現実に対峙する力を得るために、眠るのです。そしてこ
の眠りは、あの niño と共生することでもあります。niño は、天上から
降りてきて地上をかすめ、天上へ戻っていく∪の字の軌跡を描きます。
ロルカは、地上にいましたが、「眠り」によって地上を越え、浄化され
て戻ってくる∩の字の軌跡を描きます。このふたつの軌跡が交差する空
間に「眠り」があるのです。「あの子の眠りを眠る、僕の眠り」です。
それは、「あの子と共に生きる」ことです。その期間に「天上のもので
あるあの子と、共に生きる」から、僕は浄化されるのです。

　つまりロルカは、眠りの、現実逃避ではない積極的な意義をここで提
示しています。その意義とは、聖なるものに媒介された魂の問題とし
て、現実に向きあうことを意味しています。タイトルの「人知れぬ死」
とは、その媒介の役割を果たす niño の、聖への帰還を意味しています。

■ガセーラⅨ　素晴らしい愛のガセーラ

　前の詩は、定型を度外視した破格の詩でしたが、この詩でロルカは歌
謡的な定型に戻っています（そうは言っても前の詩でも、Quiero dormir
や No quiero の繰り返し、que の連弾など、歌謡的な言葉づかいは変わ
りませんが）。それは視覚的にみても、すぐにわかります。さらに気づ
くことは、この詩の全部が過去形（線過去）で語られていることです。
それは、現在の君と僕を形づくる原型として、過去を描写しているとい
うことです。タイトルは、amor maravilloso となっていて、「素晴らしい
恋人（愛人）のガセーラ」とも訳せます。しかし、後半の「僕」の描写
を考慮にいれると、〈素晴らしい恋人を描きつつも、その人と出会い、
つちかわれた「愛」のことを、その歓びをこめて詠ったもの〉と理解す
る方がふさわしいと考えますので、「素晴らしい愛のガセーラ」と訳す
ことにしました。

　まず語順ですが、Con todo el yeso ／ de los malos campos とは、直訳

すると「不毛の原野における一面の石灰の中にあって、君は……だった」となります。これをそのまま訳稿としますと、1、2行が逆転してしまいます。ここは、原詩の言葉の順番を変えずに訳したいところです。なぜなら、詩の展開を歌として受けとめると、冒頭で Con todo el yeso と歌って「一面にひろがる石灰」が描き出されます。映像で言うならズーム・アウトされています。それから徐々にズーム・インされていって、その石灰が「不毛の原野」をおおっているのが、de los malos campos によってわかります。もっとズーム・インされて、junco や jazmín がアップになるのが、eras junco de amor, jazmín mojado. です。このように、ここでの描写は映像的です。それを活かすために、ここは語順をそのままに訳しました。

　さらに、Con について考えます。1連、2連は、Con 〜で始まります。Con の意味はほとんど英語の with ですが、「（譲歩を表わして）〜にもかかわらず」という意味もあります。「例文：Con todos sus estudios no ha logrado colocarse. ＝あんなに勉強したのに彼は就職できないでいる。」というように。Con に強調の todo がついて、「〜なのに」という意味になっています。ですから、〈一面の石灰でおおわれた／不毛の原野の中でも、／君は恋するいぐさ、みずみずしいジャスミンだった〉としました。

　語順を原詩の通りにすることと Con の理解は、2連でも適用します。2連でもっとも考慮したのは、cielos をどう訳すか、です。cielo は多義な言葉で、「空、神、天国、天井、天蓋、天気・気候」などです。基本的には「頭上にあるもの」という概念ですので、「大気」と訳すかどうかは、迷いました。しかし、注目したのは、この cielo が cielos と複数形になっていること、malos（不毛の、荒れた）という形容がなされていること、そして何よりも「南風」や「炎」の容器であることです。もし cielo が空なら、複数形になるはずはありませんし、自然現象の容器になることにも無理があります。1連の malos campos が、「不毛の原野（たち）」なら、同じ複数形である malos cielos も「不毛の大気（たち）」とすべきでしょう。不毛の原野や大気とは、「君」や「僕」がともに置

かれた社会的な条件・状況の比喩です。ですから、頭上高く離れた「空」ととるよりは、「僕たち」を取り囲む環境と理解した方が自然です。大気や気候は、他の語でも表現できますが、おそらくロルカは3連、4連で cielos

石灰岩が露出する不毛の原野。グラナダ郊外（筆者撮影）

y camos と、語頭を揃えたかったのでしょう。南風は日本では暖かい風でいいイメージですが、スペインでは地中海から来る南風はあまり好ましい風ではありません。南風は、乾いた熱風で、ものを乾燥させ、作物の育ちを阻害し、枯れた草などを自然発火に追い込むような、そんな風です。だから、南風と炎がセットになっているのでしょう。熱風の中の、暑さにみまわれた大気であるから、君が僕の胸の中の「雪解けのせせらぎ」であることに、価値があるのです。

　3連、4連はそれぞれの1行目が、逆転しているだけで同じ言葉が来ます。2行目も、冒頭を anudaban, azotaban と揃えています。anudar が縛り付ける、azotar が鞭打つという意味です。これらは、1、2連の君の姿との対比において存在していますので、意味的には「〜のに」が込められています。3連は、直訳しますと、〈大気と原野が、僕の両手を鎖で縛り、僕の自由を奪っていた〉ということです。つまり僕は熱風にみまわれ、石灰にまみれていて、どうすることもできなかったのです。

　4連では、〈原野と大気が、僕の身体の傷をめがけて、鞭打った〉のです。なお、ここでいう「鞭打つ」というのは、ヨーロッパのキリスト教的戒律が厳しい社会で（とくにスペインはそうですが）、教育的場面で多用された、鞭によるしつけ、鞭による矯正がここでの原イメージだと思われます。「原野と大気」は、僕がいる社会的環境の比喩ですから、〈僕を非難し矯正しようとするさまざまな社会的圧力が、僕の傷をさらに痛めつけた〉と言っているのです。

この詩は、「君の素晴らしさ」を言っているだけではありません。自由を奪われ、がんじがらめになって苦しんでいる僕が君と出会ったこと、そしてその君との愛を育んでいること、そのことの素晴らしさを言っています。

■ガセーラⅩ　脱出のガセーラ

　この詩は、G8「人知れぬ〜」に、構成が似ています。G8 は、〈niño の眠りを眠りたい、それによって浄化され、生きてたたかう力を得たい〉という願いでした。ここでは、〈niño の心を求めるように海を求め〉ていきます。「niño の心」と「海」が重ねられています。「海」は、G8 と同じように、聖なるものが生まれ、また還るところです。niño はここでも、聖と現実をつなぐ存在、生と死をつなぐ存在です。

　タイトルの La huida をどう訳すか、検討しました。この言葉の意味としては、「脱出、逃亡、回避、すばやく去ること、急速に遠ざかること」などがあります。聖書の「出エジプト記」は、La huida a Egipto と書きます。私は、ここでの La huida を、「現実から聖なるものへの、魂の、脱出行」と受け取りました。すなわち、「脱出のガセーラ」です。

　献辞を受けた人は、「エラルド・デ・マドリード」(Heraldo de Madrid) 紙の新聞記者ミゲル・ペレス・フェレロ (Miguel Pérez Ferrero) です。彼はロルカの旧友で、同紙のコラムで長年にわたり継続的に、ロルカの仕事を批評・紹介していました。

　さて、1 連で訳語がもっとも問題になるのは、perdido（原形 perderse）です。なぜなら、今までこの詩を訳した人のほとんどが、この言葉を「迷う、迷い込む」と訳しているからです。「海に迷い込む」とは、どういうことでしょう？　すでに「僕は海の中にいる」ことになります。それでは、4 連 3 行目の、「僕は海の水を知らない」という表現と矛盾します。それに、僕はその海の中でどこへ向かい（向かったのでなければ、迷うこともないのですから）、どのように迷っているのでしょう？　海に迷うと理解する限り、それがわかりません。念のため

解　説　117

に、この詩集における「海」という言葉の使われ方をすべて点検してみても、私が確認してきた使われ方以外のものはありません。「海」は彼岸にあって、あこがれるものです。

　perderse は、「見えなくなる、消える、道に迷う、まごつく、破滅する、腐る」という意味をもち、「喪失する」という概念を示す言葉ですが、方向・対象・目的を示す por という前置詞が付いて perderse por ～になると、「～」を求めること、すなわち「～に夢中になる、～にうつつを抜かす、～に没頭する、」という意味になります。（例文：Es capaz de perderse por el denero. 彼は金のためならなんでもやりかねない。）

　つまり、「自分の中で失われたなにか本質的なものを取り戻そうとして、それに憑かれ求める」ことです。この「憑かれ、あこがれる」心のもとで、「求める」こと、これが perderse por ～だと理解します。「あこがれ求める」を一語で表す日本語はありませんので、原詩では一語のところを二語で表しました。

　つぎに、2、3行目をどう理解するか悩んでいたときに、フラメンコ舞踊の出で立ちを思い出して疑問が氷解しました。女性の踊り手たちが美しい花をたくさん耳に飾り、歌いながら踊る姿です。それと同じように僕は、祭りにでも出かけるように自分を飾りたて、愛の歌を歌いながら、渇望と期待に満ちて出かけた、と言っているのです。スペイン人にはすぐにわかったことでしょう。

　僕は、海にあこがれ、せいいっぱい正装して出かけます。「niño たちの心にあこがれ求めたように。」この niño が、algunos で修飾されてなぜ、複数になっているのでしょうか。

　algunos は英語の some です。ここでは人数を指定しているのではなく、「誰でもいい、任意のだれか」の意味です。つまり、特定の固有名詞としての「幾人かの niño」ではなく、普遍的な、理念としての niño、ということです。G5 で描かれた、毎日召還されていく niño たちの幾人かが、ここで想定されているのです。

　2連は、ひとつの文章（ふたつの節）で成り立っています。ふたつの

節は、どちらも二重否定です。これを直訳すると、〈くちづけをする時、／表情を失った人たちのほほえみを　感じない夜はなく、／生まれたばかりの子どもに触れる時、／動き出さぬ　馬のしゃれこうべを　想わない人はない。〉となります。

シエラネバダ山頂をのぞむ。（筆者撮影）

　二重否定を直訳するときにいつも問題になるのは、原詩を読む人には最初からその文章が二重否定であることを知らされているのに、日本の読者にはそれが文の最後にならないとわからない、という点です。この詩のばあいでも、「感じない夜はなく」まできて初めて文の全貌が示されるので、読者は最初からの読み直しを強制されることになります。

　もうひとつの問題は、語順の入れ替えをしなくてはならない、ということです。たとえば原詩では「夜」と「くちづけをする時」が同置されていて、「夜になったら誰でもくちづけをしますね、その時に……」ということがわかりますが、この直訳ではふたつの言葉が離れてしまって、同じ時であることが明示されなくなります。同じように、「想わない人」と「触れるとき」が離れてしまいます。何度もいいますが、語順はこの詩集ではとくに大切なものです。このような理由で、二重否定を「強調された肯定文」に変えて訳しました。

　「くちづけをするとき（生命が燃え上がるとき）にも、赤ちゃんに触れるとき（生命が誕生するとき）にも、人は死を思わざるをえない」と断定しています。しかしこれは、何とも極端な断定ではないでしょうか。普通は、くちづけの時や生まれてきた赤ちゃんを初めて見る時には、死など思ってもみないはずです。しかしここで、ロルカは、「みんな必ずそうだ」、と言い切っているのです。なぜ言い切れるのでしょうか？　その答えが、Porque（なぜなら）から始まる３連です。

解説　119

3連です。前の2行は、2連の前半2行に、あとの2行は同じく2連の後半に対応しています。くちづけの時も死を感じるのなぜかというと、「薔薇が華やかに咲き誇ることがあっても、結局は、やがて種を残して死ぬことを目指している」からです。赤ちゃんに触れる時に死を感じてしまうのは、「手は根に似ていて差し伸べて触れようとしても、根が地中に埋められた骨に触ることができる程度なのと同様に」、人の手はその赤ちゃんの本質的なもの・宿命には触れることも変えることもできはしないからです。

　愛しい人とくちづけをする時に、直接「死」を感じてしまう人はいないでしょう。しかし、その愛しい人とともにある幸せを感じれば感じるほど、「それが永遠に続くこと」を願わないわけにはいきません。そのように思うのは、死がいつかはこの愛を終わらせることを、人は知っているからです。また、赤ちゃんを前にして、歓びはあっても死のことをだれも考えないと思われるかも知れません。しかし赤ちゃんに誰もが思うことは、「その子が健康にのびのびと育ち立派なおとなになって、世に出て活躍して欲しい」ということでしょう。その願いの裏には、子どもの不慮の死、大きくなってからの非業の死、「この子が大きくなった時に、お婆ちゃんは生きているかしらねえ」というありふれた言葉の中に含まれる家族の死など、人生に許され限られた時間への思いがあふれてくるものです。このようなやり方で、私たちはつねに死を思っていると、ロルカは言うのです。

　4連に入る前に、使われている時制の変化を確認しておきます。1連は現在完了形で、自分がどうしたかを報告しています。2、3連は現在形で、一般的普遍的真理を述べています。1連の行為が、2、3連の真理のもとにあることが明らかにされています。

　4連では1、2行で1連で述べた過去の行為をもう一度確認した後、3、4行で、自分の本当の目的を明らかにしています。1連の描写から2、3連に入ると、ロルカはまったく別のことを言い出したかのような唐突な感じがします。2、3連は、1連から独立した別の描写のように見えます。このふたつの描写は、4連まで来ると合流してひとつの意味を

創り出します。

　この連でもっとも肝心なところは、4行目です。「海の水を知らない僕」が追い求めようとするものが、提示されています。それは今まで言ってきたことからすると、もちろん「海」のことです。それを、別の言い方で示すのです。"una muerte de luz que me consuma" と。

　consuma（原形 consumir）とは、「消費してだんだん少なくなっていく」という意味です。僕が消費して少なくなっていく luz（光）とは、もちろん「生命の火」のことです。una muerte とは、「光の死」→「光が消えて無くなること」です。ですから直訳すれば、「僕が消費したために、生命の火が燃え尽きて消えて無くなるところ」を、僕は求め続けるのです。すなわち、「僕が死んで還っていくところ」＝「海」を、僕は追い求めているのです。

　ロルカは、非業の死がありふれて存在する世界にあって、自分の生と死の確かな意味をとらえようとしています。そして生よりも死の方が本質的であると考えています。死の秘密が知りたい、それは現世を超えた（脱出 la huida）、聖なる全宇宙の秘密を知ることでもあります。それを知ることが、生きる意味を本当に知ることになります。ここにあるのは、スペインの民衆に素朴に信じられている宗教観・死生観であるように思います。

■ガセーラXI　百年続く愛のガセーラ

　タイトルは、Gscela del amor con cien años となっています。コロンビアの作家、ガルシア・マルケスに『百年の孤独』という有名な小説があります。このタイトルは、"Cien años de soledad"——直訳すれば、「孤独な百年」です。百年という時間がテーマであり、その性格が、孤独です。ロルカの場合は、「愛」がテーマであり、その変遷を百年間でくぎっています。なぜロルカは、del amor de cien años とせずに、con を使ったのでしょうか。

　con は、多義ですが、英語の with と同じで、根底の意味は「〜と共

解　説　121

にある」です。たとえば、「二年間夫婦であった」というときの「二年間」は、con dos años といいます。ですから、このタイトルは「百年間ずっと続いてきた愛、百年越しの愛、百年間の愛」であり、con は継続に重点をおいた表現です。百年かけて愛がどのように変遷してきたか、がテーマです。ですから、これを年代記としてとらえてみると、ここに出てくる「四人の若者」「三人の若者」「二人の若者」「一人の若者」「そして誰もいない」は、それぞれ世代が違うのでしょう。「三人の若者」が育つのに 25 年、「二人の若者」が育つのに 25 年、「一人の若者」が育つのに 25 年、「そして誰もいな」くなるのに 25 年、都合百年というわけです。

　かけ声も入り、テンポのいい、民謡か遊び歌のような詩です。誰もがすぐに、「インディアンの歌」〜 One little two little three little Indian 〜という数え歌を思い出すでしょう。

　ところで、この詩が書かれたと思われる 1935 年ころからさかのぼって百年とは、どんな時代だったでしょうか。ナポレオンが失脚したあと、一時的に反動的な体制が築かれますが、資本主義の発展、市民社会の成長と成熟が世界を根本的に変えていきます。植民地主義や帝国主義が全世界をおおい、世界は初めて同時代を生きる一体的なものになっていきます。スペインでも、かつての世界帝国としての栄光は見る影もなくなり、遅れてきた近代化のなかで、王党派と共和派との長い確執が続き、国内各地域の独立を含んだ分離の動きも続きます。

　そのなかで、アラビア時代の繁栄とレコンキスタのあとの凋落を経験したグラナダは、世界を市場としたサトウキビの栽培による産業の発展によって、再興を果たそうとしました。ロルカの父も、そのような地域産業の有力者のひとりでした。しかしこのように地域の経済が世界市場と直結するようになると、世界経済のありかたが、すぐさま地域の経済に還ってくることになります。

　1929 年の世界恐慌は、スペインにも大きな打撃を与えることになりました。また市場経済の発展は、それまでの地域共同体とそれに支えら

れた文化を破壊していくことになります。たとえばフラメンコは、スペインのジプシーたちに伝えられた民間芸能であり、結婚式やお祭りなどの特別なときに招かれて宴席などで披露するものでしたが、「演劇・芸能」という世界的な市場に「発見」されて日常的に公開されるようになり、より洗練されて「芸術」へと昇華していきます。そのことによって、フラメンコが本来もっていた、民衆の魂の表現という性格も希薄になっていくのです。ロルカはそのことを憂い、批判し、それがフラメンコの淵源でもあるカンテ・ホンドの探求に彼をおもむかせる理由にもなりました。

アルバイシンを登る坂通り。アルバイシン地区は丘陵にあるので坂道ばかりである。('86年、筆者撮影)

　このように百年をとらえてみると、一人ずつ減っていく逆数え歌であるこの詩は、グラナダで大切な何ものかが失われていく過程を描いているものと思われます。その大切な何ものかとは、galán に象徴されています。galán とは、「二枚目、（映画の）主演男優、しゃれ者、だて者、粋な若者、情夫、恋人」などの意味です。日常会話では、あまり使われませんが。それは、自分に自信をもち、誰にもおもねらず、おしゃれで、恋に生き、明日を思い煩わず、何からも自由であるような若者です。それは若者が、安い賃労働でしか生きるすべがないような社会では、存在することができない存在です。

　galán と、galán を生み出す文化が失われていく過程として、この詩をとらえます。彼らがいた頃は、彼らは街を闊歩していました。calle は、「通り、街」です。人が集まるグラナダの旧市街（イスラム時代の住宅街）＝アルバイシン地区は、グラナダを囲む山の中腹にあるので坂道だらけです。街は、「上がる」か「下がる」かしかなかったのです。そこには歓楽街や娼婦街もあり、「だて男」が一張羅の晴れ着をきて、飲ん

で騒いで娼婦を買うために坂道を上り下りする姿がよく見られました。

　最初は、「四人の若者が通りを上がって、峠を越えて出かけていった。しかしひとりを失って三人が帰ってきた……」というふうに、ひとつのストーリーとして解釈していました。しかしよく考えてみると、百年という間隔で語られていることですから、先述のように、四人と三人は同じ若者ではありません。通りを上がったり下がったり、手をまわしたり振り返ったりするのは、若者のさまざまな姿としてとらえるべきでしょう。

　ay! は、間投詞で、「苦痛・悲嘆・同情・驚き」などを表すときに使います。（例文：Ay de mi!　かわいそうな私!）楽しくて、嬉しくてしかたないときの言葉ではありません。伊達男が徒党を組んで意気揚々と歩いている時の、彼ら自身の言葉としてはふさわしくありません。これは、後世の人々が過去を振り返って、そんな若者たちがいたことを思い出し、その若者たちのひとりひとりに哀惜を込めて呼びかけている声でしょう。ですから ay! は、人数分あるのです。

　全体に詩句の意味ははっきりしていますので、あまり難渋するところはありませんが、２カ所だけ、「二人の若者」のところと、「感嘆文」のところは頭を絞りました。

　「二人の若者」のところでは、ふたりは一体どうしているというのでしょうか。ciñen（原形 ceñir）は他動詞で、「囲む、帯で締める、服をぴったり締め付ける」などの意味があります。「スペイン男子の正装である身体にぴちっとフィットした服を着ている、ふたりの若者」としたいところです。しかし文法的に追っていくと、Se ciñen は相互再帰動詞あるいは間接再帰です。相互再帰だと「お互いにお互いのウェストを締め付け合っている」、間接再帰だと「二人はそれぞれに自分のウェストを締め付けている」になります。入念におしゃれの準備をしているようすを描いているのかも知れません。

　文学者でもあるスペイン人の友人に聞いてみると、これは特別に親密な若者どうしが腰に手をまわして、うちとけているようすだといいます。大多数のスペイン人は、この文章を読めばそう感じるはずだという

ことです。「魅力的な身体を強調するような、身体にぴったりの着こなしをしておしゃれをした若者がいた」という解釈にもひかれますが、あえて「腰に手をまわしてるよ」と訳しました。短い遊び歌的な詩ですから、ロルカは意図してこの三つのどれともとれる表現をしたのではないか、と考えるからです。それなら、スペイン人の一般的な受け取り方をとりあげた訳でいいと考えました。

　つぎに、感嘆文の解釈です。!Cómo vuelve el rostro この文が、最初に来ます。「顔が振り向く」ことに対する感嘆です。つぎに、un galán y el aire! が来ます。スペインの読者は、一行一行たどりながら読んでいるわけですから、この1行をまずしっかりとらえて、その上で次に進むべきです。

　映画のシーンを想定してみましょう。振り向くその表情のアップから、ズーム・アウトしていって、その表情の主体である「粋な若者」の身体の全体が写しだされていきます。問題は、el aire をどう解釈するか、です。それは、y が、何と何をつないでいるのかということでもあります。aire は、「空気、風、様子、雰囲気」などの意味があります。

　この文章の主語は un galán です。¡Cómo vuelve el rostro un galán! で終わっていれば、「なんて顔つきで振り返るんだろう！　ついに一人になった若者は！」で済みます。それにロルカは、もうひとつ付け加えたかったのです。el aire は、何と同格でしょうか。「vuelve el rostro un galán」y「vuelve el aire un galán」と考えてもみましたが、vuelve el aire という表現はスペイン語としては考えにくい。ここは、文法的には el aire 単独で、y より前の文全体と同置されていて、意味的には el rostro と対応しているのでしょう。そのために、¡Cómo vuelve el rostro ／ un galán y el aire! と2行にして、el rostro　と el aire　を行末に揃えたのでしょう。「顔つき、表情」と、「しぐさ、様子」が、対比され強調されています。

　最後に、ミルトの花。アルハンブラ宮殿の王宮の有名ないくつかの中庭には「アラヤヌス（ミルトの別名）の中庭」という場所があって、広い長方形の池を囲んでアラヤヌスが一面に植えられていました。季節が

解　説　　125

来るといっせいにちいさな白い花をつけます。グラナダの人間はミルト
の花というと、すぐに華やかだったアルハンブラ宮殿を思い起こしま
す。

■ガセーラⅫ　朝の市場のガセーラ

Granada, Calle Ervira donde pasan tres manolas. で始まる、古い歌謡が
グラナダにあります。「グラナダのエルビラ通り、素敵な三人の女性が
通る」という意味です。

　タクシー一台がやっと通れるくらいの古くて細い通りで、いつも賑や
かで庶民的な、今もアラブ時代の名残りが強く感じられる通りです。入
り口には大きく「エルビラ門」がそびえています。GⅡの「時代を忍ん
できた崩れかけた門」というくだりでは、この門を思い出しました。

　1連の訳で最初に、しかも最も違和感があるのは、直訳すると、「名
前を知って／涙を流し始めるために」という部分です。なぜなら、「涙
を流す」という行為は普通、意図的になされるものではないからです。
ある感情がせり上がってきて、抑えようもなく「泣いてしまう」もので
す。ですからここでロルカは、「君を見れば、必ず泣いてしまうだろ
う。そのことがわかっていながら、あえてそうなるために、君を見に行
こう」と言っているのです。このような表現のなかにすでに、「君の不
幸」が告知されています。なぜ、「君の名前を知る」と僕は泣いてしま
うのでしょうか。

　スペインでは人の名前はその様式があって、名前を知るだけで、その
人がどの一族に属し、父が何という名前で、母が何という名前か、とい
うことがわかってしまいます。だから彼女の名を知ることは、彼女がど
のような血を引いて、どのような宿命をもっているかが、わかると言う
ことです。「名前を知って泣く」ということは、彼女の背負った運命を
引き受け、ともに担うということを、ここでは意味しています。その証
しとして、涙を流すのです。

　きっと「僕」は君を街角で見そめて恋をしたが、まだ名前も知らず、

遠くから眺めるだけの段階なのでしょう。一目で心を奪われるくらいだから君は、最初は活発で魅力的だったのでしょう。エルビラ門に行けばかならず会えるのですから、多分彼女は、毎日市場へ出かけて買い物をし、一家を支えるけなげな娘でもあるのでしょう。ところがいつのころか、彼女は元気がなく暗い顔をするようになりました。その事が心配でたまらないのです。これは恋が始まる前の、予兆に満ちたドキドキする気持ちが、心の中で限界水域まで高まっていく、そのぎりぎりのところを歌いあげた詩です

　2連は、三つの疑問文が来ています。君の不幸への、根源的な問いです。第1文を直してみましょう。

　「9時の陰鬱な月とは、どんな月なのか？／君の頬から　血を奪った」原詩の通りの語順で訳したいところですが、これですと訳を読む人が行きつ戻りつしながら読み進めなくてはならなくなりますので、あえて語順を逆転させました。この三つの疑問文で大切なことは、疑問文の疑問の核が読者にストレートに伝わることです。そのことを優先させました。

　「君の頬から　血を奪った／9時の陰鬱な月とは、どんな月なのか？」月は、死の側にあって宿命をつかさどるものです。9時とは、僕が君を見ている時間です。

　第2文の、recoger は、「拾う」という意味だけではなく、「本来あるべきところに収める、回収する、かくまう、保護する、引き取る」という意味もあります。これらの意味を重ね合わせながら、ロルカは使っています。「君の、雪の中の炎の種子」（直訳）を大事に拾い上げて面倒を見てあげるのは「誰か？」と問うています。「炎の種子」とは、「君の頬を薔薇色にそめるもの」のこと、すなわち生命の根源、生気の根源のことです。第2文は、第1文を受けているのです。

　第3文は、彼女が目に生命の輝きを失ったことに対して述べているものです。asesinar は、「殺す、暗殺する」という意味で，ロルカは意識的にこの刺激的な言葉を使っているのですから、そのまま訳しました。

　第1連が（3、5連も）斜字体で書かれ、2連では（4連も）普通の字

体で書かれていることの意味は、何でしょうか。斜字体の部分は「僕の内面の意志」、普通の字体の部分は「君への問いかけ」です。どちらも、僕から君への一方的な思いが語られています。それは、相互的な感情の交流である恋がまだ始まっていないことを示しています。

　3連。voy（原形ir）a～で、「僕は～するつもり」となります。「君を見たい」という気持ちは、君の不幸な現実を前に、より切迫した欲求へと進化しています。「見に行かなくては」と訳しました。注意すべきなのは、一貫したリフレインとして、「見たい」「見に行かなくては」が挙げられている点です。この詩では、「見る」ということが、重要な愛の行為として提示されています。

　beberは、「飲む」「注意深く見る」「夢中になって聞き入る」「知識を吸収する」の意味があります。ojosは、「目」「注目、注視」「眼力」「視線」「視覚、視力」などの意味があります。とげに目の輝きを奪われた彼女の目が気になって、僕はじっと彼女の目を見詰めるのでしょう。beberという言葉のイメージと重ね合わせますと、彼女のこちらへ向けたまなざしを受けとめて、見詰め返すと捉えたいところです。

　「エルビラ門を通る／君の姿を見に行かなくては、／君のまなざしを受けとめて／涙をあふれさせるために。」

　4連。三つの感嘆文です。感嘆しているものが何かを明確に示して、訳したいものです。この連では、原詩の語順通りに訳しても問題ありません。第1文のvozは、「声、叫び」だけではなく、「訴える」という意味を含みます。彼女は市場で誰かに何かを強く訴えているのでしょう。そのためその一角に騒ぎが起こっているのです。僕が出て行って助けてあげられればいいのですが、まだ僕にはその条件も資格もないようです。だから、なすすべもなく聞いているだけです。それが僕には、彼女に恋したゆえの「懲らしめ」と感じられてしまうのです。

　第2文のenajenadoは、「乱心した、発狂した、気ちがいじみた」という意味ですから、clavel enajenadoを、「錯乱のカーネーション」としました。「どこもここも、ありふれた麦の穂ばかりなのに、君は美しく咲くカーネーションの花だ、ただし残念なことにそれは、錯乱状態の

カーネーションだ」、と言っています。同じ事態を、第1文では僕の受けとめ方として、第2文では客観的な姿として、告げています。そして第3文の感慨が来ます。

エルビラ門。アラブ時代の城門の一つ。エルビラ通りの入り口にある。('07年、筆者撮影)

「そばにいると　君はなんて遠く、／離れるとなんて近いのだろう！」

つまり、悲嘆と不幸の君にかかわり、介入できない自分の位置を指しています。

5連。「para sentir tus muslos　君の太腿に触れて」「y ponerme a llorar. 涙をあふれさせるために。」

「名前を知って」→「まなざしを受けとめて」→「君の太腿に触れて」というように、涙を流すわけが進化し、深くなっています。君への愛が満ちて、臨界点に達しています。

この詩は、1連：定型のリフレイン（僕の内面）、2連：君の状態への疑問文、3連：定型のリフレイン（僕の内面の進化）、4連：君の行為への感嘆文、5連：定型のリフレイン（僕の内面の進化）、という構造になっています。

この詩は、ひとつの恋愛詩にはちがいありません。しかし、深い愛の感情を抱きながら君と関係を結べない、困難な状態から君を救うこともできない、僕は状況を変える一個の主体ですらない、この阻害感、阻隔された感じは一体何でしょうか。

この詩集で、このように恋人との完璧な阻隔が表現されたのは初めてです。ここで言われている「君」とは、グラナダのことでしょう。最初に指摘しましたように、エルビラ門とは、グラナダのかつての繁栄の象徴です。そこに必ず「君」は現れます。その「君」は、かつてあれほど魅力的だったのに、今は打ち砕かれています。僕はその「君」を愛し、

何とかしたいのです。ですからそのために流す僕の涙は、愛の涙である
と同時に、「君」を打ち砕いたものへの怒りを含んだ、義の涙でもあり
ます。泣くという行為によって、阻隔を一挙に跳び越えようとしている
のです。

II　カシーダ集

　ガセーラから、カシーダへ入っていきます。

　それぞれの詩篇が発表された時期を確認してみますと、ガセーラとカシーダには大きな違いがあります。ガセーラは、12編中6編が生前の発表です。これに対しカシーダの方は、9編中7編が生前の発表です。制作された順番を推測する手がかりは何もありませんが、少なくとも当時において、ロルカが世に出してメッセージを送りたいと思った作品は、圧倒的にカシーダにおける作品群だったのです。念のために、ガセーラにおける生前の発表の作品を挙げておきます。

　GII　「手に負えない存在の」（僕は望む　水が水路を失うことを）、
　　　　1935年
　GVI　「にがい根の」（ひとつの　にがい根がある　そして千のテラス
　　　　をもつ）、1932年
　GVIII「人知れぬ死の」（僕は眠りたい　りんごの眠りを）、1936年
　GX　　「脱出の」（僕は幾度も海にあこがれ　海をもとめた）、1935年
　GXI　「百年続く愛の」（通りを上がるよ　素敵な四人の）、1935年
　GXII「朝の市場の」（エルビラ門を通る　君の姿が見たい）、1935年

　ガセーラの作品群は、GIからGVIIまでは、恋愛の諸相をめぐる叙情を展開したものでした。この7編のうち、生前発表は2編にすぎません。（巻末の初出年表参照）

　GVIII以降は直接の恋愛描写からは離れた作品が登場するようになります。自分の信条や思いを詩に託した表現です。GIX以外はみなそうです。そしてGVIII以降で見ると、このGIX以外はすべて生前に発表されています。ロルカは『タマリット詩集』として書きためた原稿の中から、恋愛の詩篇は注意深くはずしていたように思われます。恋愛の詩篇は一篇ずつ読まれるのではなく、ひとつのまとまりとして読んでもらいたかったのではないでしょうか。

解　説　131

とはいえ、全作品とも注意深く読んでいくと、当時の時代が抱え込んだ重い出口の見えない困難な現実に立ち向かおうとする、ロルカの姿勢がはっきりと刻み込まれていることがわかります。

それに対してカシーダは、CI、CVI以外はすべて生前スペインで発表されたものです。ロルカの、「時代や情況への発言」と見ていいでしょう。いわば、ロルカの流儀による、公的なメッセージです。その多くの作品が、大がかりな神話劇のように展開されます。詩形も、ガセーラとは違って、連の長さや、行の長さなどにあまりとらわれない自由なものになっています。私はあえて、ガセーラ集をロルカの叙情詩として、カシーダ集を叙事詩として（それにあてはまらないものもありますが）、とらえておきたいと思います。

■カシーダI　水に傷つけられた子どものカシーダ

カシーダでは、全9編のうち、このCIとCVIだけが生前には発表されませんでした。このCIは、カシーダ集のなかでも、独特な内容を示しています。そのせいでしょうか。

ガセーラ集で見てきましたように、niño は聖と現世をつなぐ聖なる存在でした。水も、聖なるものが生まれ、還っていく聖なる存在でした。この詩では、その水が愛ゆえに怒り狂い、加害者となって niño を襲い傷つけます。ここでいう、「傷ついた子ども」とは、グラナダのことです。グラナダ自身というよりは、グラナダのもっとも良いところ、美しいところ、魂を象徴しています。だから「僕」は、その心臓の行き着く先を見届けようとするのです。

注意したいのは、グラナダの窮状は、聖なるものの怒りの結果もたらされた、と言っているところです。無垢なるグラナダが、邪悪なものたちによって危機に瀕しているという見方はとっていないのです。そうするとグラナダの惨状は、グラナダ自身がもたらしたもの、ということになります。これ以降のカシーダは、グラナダを襲う凶悪な力を摘発し、告発し、乗り越えようとする詩が登場することになりますが、この詩は

違っているのです。ロルカの世界観の根源には正と悪が対立する単純な図式ではなく、この詩のように、そのような葛藤を踏まえながらもそれを超えたある大きな価値の世界があり、その運動や展開が私たちを宿命づけているという感覚があったように思われます。

グラナダの城壁址。かつてグラナダの街を守るため周囲にめぐらされていた城壁の跡。今でも各所に点在して残る。('03年、筆者撮影)

その意味では、非常に宗教的でもあるのです。

　だからこそ、素朴で敬虔なカトリックの信者であった多くの民衆の魂に、直接訴えかけることができたのです。彼の詩が多くの共和派の詩人のように、告発と正義をたんに言いつのるようなものにならなかった理由は、ここにあるのでしょう。こまかく、見ていきましょう。

　1連。この連は、ひとつの文章で成立しています。

　井戸へ降りることと、壁を登ることは、連動しています。井戸へ降りるためには、壁を登らなければならないのです。そのことは、グラナダの人には誰にもわかっていたでしょう。だから、並列的にquieroを並べても、前後関係は明らかです。おそらく壁はアルハンブラ宮殿の城壁でしょう。宮殿の中心になるところに、城に水を供給するために使われた古い井戸があるのでしょう。城内の、生あるものすべての命を育んだ井戸です。そこに「水の錐（氷か、つららでしょうか）」によって傷つけられた心臓が眠っているのです。つまり、傷ついたグラナダの魂が、グラナダの中心で眠っています。それを僕は見届けようとしているのです。

　mirarは、「見る、覗く」という意味の他に、「調べる、確かめる」という意味もあります。ここでは、両方の意味をくんで、「見届ける」と訳しました。pasadoは、「すりきれた、古びた、ぼろぼろになった」という意味で、水の錐による何回もの攻撃を想定させます。el punzonの

解説　133

修飾語である oscuro の訳が問題です。これは、「暗い」という意味の他に、「人目につかない、はっきり識別できない」という意味があります。G VIII では、タイトルのなかの la muerte oscuro を、「人知れぬ死」と訳しました。ここでも oscuro を、「その存在を誰も知らない錐」という意味に解しました。

　2連です。この連は、16行もの長いものになっています。2行でひとつの文章を作っています。惨劇の展開とその意味が、ここで語られています。構成としては、最初の2行、「子どもは傷つき　うめいていた／頭に　霜の冠をかぶって。」と、最後の2行「子供は　大地に横たわり／苦しみは　その上に覆いかぶさっていた。」は、ほぼ同じことを言っています。

　このふたつの文章にサンドウィッチになって、惨劇が語られるのです。前半の感嘆文までが、惨劇の描写です。後半は、事後の描写と意味づけになります。

　2行目以下を、見ていきましょう。まず、剣をふりかざすのが「池」や「地下槽」や「噴水」であって、川や海でないことに注意します。グラナダとともにある、滞留している水が凶器になるのです。

　つぎに、感嘆文を連打して、惨劇を動的に描いています。しかもこの感嘆文は、que でつないだ4つの名詞句で表しています。それぞれの句が、重層的なイメージとして読むものの心に焼き付けられます。最初この部分を私は、つぎのように訳してみました。

　　ああ、何という愛の怒り、何と人を傷つける刃、

　　何という夜のざわめき、何という白い死だろう！

　これでは、感嘆文の形だけはとっていても、その感嘆の中心をとらえる力が弱いと思います。それで、既訳の通りに変えました。

　　おお、愛ゆえの狂おしい怒りよ！　生身を切り裂く刃よ！

　　夜の密かなたくらみの音よ！　そして純白な死よ！

　ふたつめの感嘆文は表現がこっていて、すこしとまどいますが、言っていることは簡単です。夜が明けて光が満ちてくるありさまを「光の砂漠」にたとえ、それが夜の闇を席捲しつつあるようすを描写していま

す。ただロルカは、たんに夜明けを描こうとしているのではなく、「しらじらとした朝がやってきて、夜の間なされたことが白日の下にさらされようとしている」ことを言いたいのです。この文が感嘆文である理由です。hundir は「沈める」や「堀崩す」の意味もありますが、本義は「ちゃんとしていたものを、低下させる、落とし込む、引き下がらせる」にあります。

　ところで、これらの感嘆文の主体は誰でしょうか。誰が、「感嘆している」のでしょうか。

　この惨劇の一部始終を見ていて心を痛めながらも、どうすることも出来ないひと、つまりロルカであり、ロルカの読者です。この感嘆を共有することで読者はロルカとともに、グラナダの運命をみつめることになるのです。

　それから、子どもの描写に入ります。直訳すれば、「喉に眠る街をかかえて（con）、子どもはたったひとりだった」です。救いはどこからも来なかったのです。このような危機にありながら、大都会であるマドリッドやバロセロナとは違い、グラナダは眠ったままです。「喉に眠る町がある」ということは、町が声をあげないということです。千年一日のように、昔ながらの暮らしが続けられているのです。

　つぎの２行の直訳は、「夢から生ずる湧き水が、水草の飢えから守っていた」です。「夢から湧き出す水のせいで／水草は絶えることがなかった。」と訳しました。「夢」とは、前の文の「眠る」を受けています。確かに時代に敏感に反応して声をあげることはせず、昔のままの暮らしを続けてきたが、それがグラナダの人間性豊かな共同体を支えてきたのだ、と言っています。水草が、つぎの文の「緑の雨」を引き出しています。

　この連の最後の４行で特徴的なのは、「苦しみ」は子どもの内部からやって来ないで、外からやって来ることです。niño は、本来は無垢な存在ですから、苦しみとは無縁な存在であるはずです。しかし聖なるものである「水」からの打撃によって、苦しみが外からもたらされ、niño と一体化してしまうことになります。

アルバイシン地区のサン・ニコラス広場にあるアルヒベ（地下貯水施設）の地上部。（'08年、筆者撮影）

それにしてもこの詩は、なんという振幅の大きさ、表現の多様さでしょう。2連だけを見ても、たとえば「霜の冠」とは「グラナダを取り囲む雪をいただく山並み」をすぐ連想させます。なんといっても、niño はグラナダの魂なのですから。「地下槽」と訳した aljibes（アルヒベ）とは、アラブ時代に設けられたグラナダ独特の貯水溝のことで、無数にありました。「刃」や「たくらみの音」は、当時の毎夜くり返される暗闘をイメージさせます。「光の砂漠」「夜明けの砂地」「喉に眠る町」「夢から湧き出す水」「水草」「緑の雨」など、予想もしなかった言葉が次々に繰り出されて、大きな意味の流れを創り出しています。それだけに、言葉のイメージを充分くみ取りながら、意味の流れのなかにそれを位置づけるのはなかなか難しい作業になります。

　4連です。これは、1連と呼応しています。1連では、"para mirar el corazón pasado" のために「井戸の底へ降りて行きたい」でした。4連では、"para ver al herido por el agua" です。つまり、「心臓を見届ける」ことと、「子どもと出会う」ことは同じことなのです。「僕は、失われようとしているグラナダの魂とともにありたい」と願っているのです。

　では、"quiero morir mi muerte a bocanadas" は、どう理解するのでしょうか。「降りて行きたい、井戸の底へ」は、「よじ登りたい、グラナダの壁を」と同じ意味でした。それならここでも、「一息ごとに、僕自身の死を死にたい」という願いは、「降りて行きたい、井戸の底へ」と同じ意味です。「一息ごとに死にたい」とは、瞬間瞬間を、片時も忘れることなく、いま死に瀕しているグラナダの魂を自分のものにしたい、という願いであり、つまりそのようにして生きていきたいということです。

■カシーダⅡ　泣き声のカシーダ

　llanto は、「泣き声、泣くこと、号泣、すすり泣き、涙」などの意味があります。泣くこと全体を意味しますので、号泣もすすり泣きも、この言葉の守備範囲です。一般に、感情が込み上げてきて、抑えようとしても抑えられなくて泣く、と言う状態を指すと考えられます。「涙が僕たちの周りを支配している」と、この詩では訴えています。

　1連は、訳したとおりの意味でいいでしょう。バルコニーを閉ざしたくらいでは、泣き声を閉め出すことはできないのです。多くの悲嘆の声が、グラナダに満ちています。

　2連です。「ほんのわずか」という訳を、原詩に当たってみましょう。Muy pocos です。「poco ＝（形）少し、わずか、ほとんどない、量が少ない、程度が低い、（英）little、few、」です。（英）little の用法と同じように、ここは否定的な意味でとらえるべきでしょう。ところで、ここで使用されている時制は「接続法現在形」です。直近のことに対する意志や予想を表現しますから、次のようになります。

　　　歌おうとする天使はほとんどいない、

　　　吠えようとする犬もほとんどいない、

　　　千のバイオリンは　僕の手のひらに収まってしまう。

　「泣き声が満ちている世界では、天使も歌を歌う気になれない。犬さえも、吠える気をなくしている。」ここで、なぜ、天使や犬が出てくるのでしょう？

　天使は地上にいるものの中で、最も天上的な存在です。犬は地上にいるものの中で、もっとも地上的な卑近な生きものです。最も天上的なものと、最も地上的なものを出してくることによって、この地上に生きるすべての存在を代表させているのでしょう。地上に生きるすべての存在は自分の声を自然にあげて、自己表現できる状態ではない、ということを述べているのです。とするなら、「僕」の自己表現の道具であるバイオリンも、それを役立ててひける状態ではない、と解釈できます。

　「千のバイオリン」とは、たくさんのバイオリンという意味ではな

解説　137

ロルカとその友人たちが集ったカフェのあった建物。上階にバルコニーが見える。('03年、筆者撮影)

く、時と場合に応じて様々な音色を奏でる、「いろいろなバイオリン」という意味でしょう。それらは、使われることもなく、僕の手のひらに収まったままだ、というのです。このように解して初めて、前の2行とのつながりが自然に見えてきます。

　3連です。もし生きているものたちが自然な自己表現が出来ないとしたら、世界は沈黙に包まれるはずです。では、あの周りから聞こえてくる、壁さえも越えて聞こえてくる「泣き声」は、何だろう？　これが、pero の意味です。世界は沈黙に包まれるはずなのに、「しかし」、泣き声が聞こえて来ます。「もし、周りを包むあの泣き声がひとりの天使のものなら、それは計り知れないほど大きな天使なのだろう」「もし一匹の犬のものなら、計り知れないほど大きな犬だろう」「もし、一個のバイオリンだとしたら、そのバイオリンは測りしれなく大きなバイオリンなんだろう」こう理解することで、全体を無理なく自然に理解することができます。

　「涙は　風を黙らせてしまい、／ただ泣き声だけが　聞こえてくる。」涙が、風を黙らせるわけはありません。涙と関係なしに風は吹くものですから。これは、人が涙を流し、泣き声をあげると、僕はその声にとらわれてしまい、風の音さえ聞こえなくなってしまう、と言っているのです。歌や吠え声は日常的なありふれた音だから、風や木々のざわめきと一緒に心静かに聞き取ることが出来る。しかし、泣き声は、自分の理解を超える大きな意味を持っているから、それが聞こえると心をとらえられて、泣き声以外は聞こえなくなってしまう、ということです。

　しかしそうは言っても、泣き声も人間にはつきもののありふれたことのように思えます。赤ちゃんの泣き声。友達同士の諍いの声と泣き声。

叱られて泣く子ども。夫婦げんかでの泣き声。失恋したといっては出す
涙。これら日常的な泣き声は、天使の歌や吠え声と同じで、僕を惑わす
ものではありません。ロルカのいう、ここでの「泣き声」とは、もっと
特別の、運命や宿命にさらされて、いかんともしがたく出す「泣き声」
のことでしょう。朝の市場で彼女があげたような声（G XII）です。そ
して、そのような運命的な悲嘆の声が地に満ちているのを、僕はどうし
ても聞き取ってしまうのです。そしてそれを、僕はどうすることも出来
ない、と言うのです。

■カシーダⅢ　小枝たちのカシーダ

　この詩のタイトルは、"Casida de los ramos" です。一般に、木の幹は
tronco、枝は rama、枝の先＝小枝は ramo と言います。ramo は、「花
束」の意味もあります。木や植物の先端で、本体に支えられながら花を
つけたり、風にそよいだりする、いわば外に開いた華やかな部分と理解
できるでしょう。幹に直につながり ramo を支える地味な役割の rama
とは、はっきり区別されています。

　1 連。arboledas は、「木」arbol から派生した言葉で、「木立、林、小
さな森」の意味があります。ここには犬や niño が潜めるのですから、
「森」というほどは大きくなく、「木立」ほどには小さくもない、「林」
がふさわしいでしょう。そこへ、鉛の犬がやって来るのです。「鉛の」
とは、「武装した」という意味です。「鉛の犬」とは、軍隊または警察を
想定させます。

　venido（原形 venir）は、「今まで無かったものがそこに現れる、生じ
る、起こる、」という意味が本義です。「侵入する、忍び込む、押し入
る」というニュアンスを含んでいます。

　caigan（原形 caer）は、単に「落ちる」だけではなく、「崩壊する、
衰弱する、倒れる、」などの意味があります。この詩では、小枝たちを
ひとつの主体に見立てた表現ですから、単に「落ちる」ではなく、「力
尽きる」という訳にしました。

解　説　139

つぎの行は、直訳すると「自ら折れる」になりますが、それですと「小枝たちが自らの意志で折れる」と言っているようです。現象的には、秋になって「自分の重さに耐えられなくなり、小枝たちが落ちる」ことを指しています。それは小枝たちの意志とは関係のない宿命づけられたものです。そこで、「ひとりでに落ちてくる」と訳しました。

　2連では、1連で描写された林の中心にある、「りんごの木」がクローズアップされます。さらにそのりんごの木になっている一個の「りんごの実」が、クローズアップされます。それは嘆きの実ですが、その嘆きが外に現れることは許されていません。神の使者である鳥たちが、嘆きのしるしである「ため息」を奪い去り、消し去ってしまいます。ここで注目したいのは、りんごの木は「これから何が起こるか」を唯一、予見している、ということです。しかしりんごの木は無力で、ただ見守ることができるだけです。

　3連。Pero、「それなのに」は、タマリットの林への不気味な侵入者がいて、聖なるりんごが告げる危機の予兆がある、「それにもかかわらず」ということです。

　「小枝たちは陽気だ」とは、夕暮れになっても、吹き抜けていく風に揺れてざわざわと音を立てているようすを指しています。それがいつのまにか風がやむと、突然動きを止めて、静まりかえった木の本体と一体になって眠りに入るのです。このような情景は、林のなかで普段に起きるありふれた情景にすぎません。その小枝たちのすがたを、ロルカは自分たちのすがたに重ねています。「僕たちは、迫り来る危機を知らないし、わかってもいない」と。ＣＩの「niñoの喉に眠る町」のことが、言われています。

　「小枝たち」は、民衆ひとりひとりのことを指しています。「林」はグラナダ全体のことを指しています。そして「木」は、そのグラナダのなかの、人々が依拠しているさまざまな共同体のことを指しています。

　それは、まず第一に「家族」です。そのほかに、「仕事場のなかまたち」「隣近所」「親戚一族」「遊び仲間」など。当時グラナダは前近代的なものが強く残っていた地域で、厚い人的交流、濃密な相互関係がまだ

存在し（時にはそれが息苦しくなるときもあったでしょうが）、それが、支えあい愛情に包まれた共生の感覚を自然なものとしてきました。その小共同体が、近代化の波の中で、そして政治の緊張の中で、失われようとしています。それが失われることによって、個々

タマリットの林（'06年、筆者撮影）

の庶民は共同体のつながりから剥離されて、単独の個人になってしまう。それを「鉛の犬」たちは、待ちかまえているのです。

　こう考えてくると、ロルカの最期をどうしても想起してしまいます。1936年、身に危険が迫るなかでロルカは、グラナダの共同体的つながりがまだ生きているものと信じて、ファランヘ党に属している昔なじみの友達に身を委ねました。このときの彼の友達に対する判断は、友達のとる政治的姿勢を重く見るか、友達のなかに生きる共生の感覚を重く見るかで違ったものになります。そしてロルカは、後者を選択したのでした。その友達は、ロルカとの共生の感覚をすでに失っていたからこそ、彼をファシストの手に渡すことになったのです。この友達も、この詩でいう「力尽き、落ちた小枝」のひとつだったのです。

　4連。vallesは「大河の流域、山に囲まれた平地の住まいや農場」という意味です。一応「谷間」と訳しました。この日本語には「大河の流域」という意味はありません。グラナダに大河はありませんから、後者の意味にとりました。

　「ふたつの谷間」とは、山に囲まれたグラナダのことです。初秋の長雨のあと、グラナダに本格的な秋が訪れます。この長雨のことは、すでに3連3行目の「雨の心配もせず」という表現で予告されています。雨のために、小枝たちはつぎつぎに落ちていきます。水がグラナダの大地を浸していきます。

　この詩では、この連を構成するふたつの文章だけが、過去形になって

います。現在進行している事態を表現するために、他の連では現在形に
なっているのですが、この連では作者の視点が違っています。事態の全
体を空の高みから俯瞰して、もう一度確認しなおすような視点がとられ
ています。その違いを明確にするために、ここでは時制が変えられてい
るのでしょう。

　つぎの文章で、夜がやってくることを告知しています。penumbra は
「薄暗闇、薄暗がり」のことです。「象の足取り」とは、なにもかもを無
慈悲に押し潰すような勢いで、という意味です。empujaba は「追い立
てる、押しやる、せき立てる、駆り出す」という意味です。すべてが急
速に闇に包まれていくようすを描いています。ここでは、troncos と並
べて出てくるのが、ramos ではなく ramas であることに注意したいとこ
ろです。

　さてこれで、タマリットにおける危機の、予兆をはらんだ緊張が高
まっていくようすが、近景と遠景を含んだ全体像として描かれたことに
なります。つぎの連でもう一度、タマリットの現場に戻ってきます。そ
こには、niño たちがいます。

　5連。最後の連が、最初の連のリフレインになるという詩の形式は、
ロルカがこれまで幾度も試みたやり方でした。最後の連のリフレイン
は、単純な繰り返しではなく、多様な描写やドラマチックな展開を経た
あとのより深められたリフレインでした。詩はその展開とともに螺旋を
たどるように深化していき、最初の表現が、より深い陰影を持った劇的
なクライマックスとして最後に再び登場するのです。この詩もまた、そ
うです。最初の連で「小枝たち」を待っているのは、鉛の犬たちでし
た。読者（聴衆）はいきなり、迫り来る危機に直面させられます。そ
の、はらはらする危機の予兆は、しだいに避けがたいものへと進化して
いきます。しかし、小枝たちを待っているものたちは、鉛の犬たちだけ
ではなかったのです。聖なるもの、聖と現実をつなぐものである niño
たちもまた、小枝たちを見まもり、「待っている」のです。

　小枝たちを過酷な現実にたたき込もうと手ぐすねひいて待つものたち
……。でもそれだけではない、とロルカは言います。小枝たちを聖の方

142

へと導き、存在の意味を与えてくれるものたち、彼らも事態の推移を息をのんで見まもっているのです。espera（原形 esperar）に込められた意味が重要です。まったく反対の立場でいながら、「鉛の犬」も niños も自分からは手を出さず、事態の展開をただ「待っている」のです。ロルカは、悲惨な事態が起こりそうな予感に責められながら、それをどう迎えるかは小枝たち自身の選択のうちにあると言っています。しかし、非力な小枝たちが自分の危機を自覚することもせず、陽気にざわめいているという描写の中で、彼らが招き寄せている宿命的な悲劇が今や不可避なものとなろうとしています。

　鉛の犬と niños の大きな違いは、犬たちは「外からやって来るものたち」であるのに対し、niños は「すでにそこにいるものたち」であることです。それはたぶん、小枝たちの魂の原型であり、その存在の初心でもあるのでしょう。だから、小枝たちの数だけ、muchos niños がいるのでしょう。「velado rostro を持つ niños」、この velado rostro とは、G VIII「人知れぬ死のガセーラ」の最後の連に出てくる niño oscuro の oscuro を別の言い方で表したものと考えます。niños がどのような顔や表情を持っているかは、まだ誰にも明かされていないからです。それは、現実を越える存在なのですから。

　このようにして危機は、すべての役者が登場していま、現実のものになろうとしています。この危機を前にして、「私たちは何ものでありうるのか」をロルカは問うています。

■カシーダⅣ　横たわった女のカシーダ

　まず、タイトルから見ていきましょう。mujer は、成熟した一人前の女性を意味します。tendida（原形 tender）は、「横たえる」という意味の他に、「拡げる、伸ばす」「（洗濯物を）干す、つるす」「（ひもを）かける」などの意味もあります。そこから考えると、女は、たんに自らの意志で「横たわっている」のではなく、自分の意志とは無関係に、あるいは意志を剥奪されて「横たえられている」状態を示唆するものと、思

解　説　143

われます。

　このようにとらえられる理由は、1連における異様とも言える「横たわった女」の描写にあります。僕は、裸の君を見ています（なぜ、裸なのかは、示されていません）。

　第1行目、「裸の君を見ると、大地を思う」。この「思う」recordarは、「思い出す」「想起する」です。tierra は、「大地」の他に、「地面、土、耕地、故郷、地球」などの意味もあります。それは、あらゆる生命を宿し、育み、包み込むものであり、空や天に対峙して足元を支え根拠づけるものです。僕は君の裸を見て、そのような大地の記憶をよみがえらせています。文章はここで、完結しています。女性の裸を見て大地を思うのは、誰もがうなずける連想でしょう。読者は、何の抵抗もなくこの詩へ入っていきます。

　2行目ではひとつの名詞が、ぶっきらぼうに、投げ出されています。1行目の終わりの la tierra が、そのまま引き継がれます。La tierra lisa「平らな大地」、それは平らで飾り気が無く、抑揚も起伏もない、平板な大地である、というのです。ここで読者は、1行目の大地の比喩からくるイメージを、完全にひっくりがえされます。「平らで平板な大地」とは、本来ありえない表現です。ここでは recordar されているのですから、少なくとも「僕」の記憶にある大地とは、グラナダのそれのように、起伏も変化もある、多様性を持った豊かな大地であるはずです。それなのに僕は、「君の裸は大地には違いないが、平らな何もない大地だ」と言っているのです。

　その大地には馬の群れもいないのです。「馬の群れ」という言葉は背後に、馬にかかわる、人々の存在を示唆します。それとともに、人々の暮らしや生命の営みも。それらがすべて、この大地にはないのです。かつて生命を育む豊かだった大地である君の裸の身体は、いまは馬の群れもいない、何も育まないのっぺらぼうの大地になってしまっている……、このことを、この第2行が指し示しています。

　3行目。もう一度 La tierra をくり返します。それは、イグサも生えない大地です。馬が人々の暮らしを示唆するなら、イグサは大自然の生命

力を示します。それすら存在しない、生命の存在し得ない大地です。

3、4行は、「大地」「単純な形」「銀の地平」という3つの名詞が投げ出されています。3、4行を語順どうりに訳してみますと、こうなります。「イグサも生えない大地、その単純な形／それは未来を閉ざしている：銀でできた地平。」

pura は、英語の pure と同じで「純粋」という意味もありますが、lisa とつながる意味にとって、ここでは「（夾雑物のない）単純な」と訳しました。「単純な形」とは、「平らな大地」のことを言っています。confín は大地 tierra の言い換えです。「銀でできた地平」とは、銀の彫刻がイメージされています。ハイフンの意味は、la tierra をいろいろ表現してきたが、要するにそれは「confín de plata」なんだよ、と結論づけているのです。

もう一度言います。第1行で裸の君を「大地」に比喩しておきながら、君が「大地」的なものから最も遠い存在になってしまったことを、その後の表現で示しているのです。そこには、かつては最も「大地」的であったろう君への、身を切られる哀惜の思いが込められています。だから、recordar という言葉が選ばれているのです。

君は裸にされて死んでいることが、第1連で示されました。未来を閉ざされてむりやり完結されてしまった君の生き方がどのようなものであったか、君を失って初めて、僕にはわかるのです。comprender とは、「心の底から、納得して、わかる」という意味です。それが2連です。ですから、この連での la lluvia と del mar は彼女自身であり、el ansia と la fiebre には彼女の生き方が表現されています。この連はただひとつの文章で構成され、comprender の目的語として el ansia と la fiebre が示されています。

いたいけな存在をなぜ雨は捜し求めるのでしょうか。生命を育むものとして雨は降るのですが、それは、ともすれば無視されがちな最も弱いものたちのためにこそ降らなければならないのです。雨を本当に必要とするのは、彼らなのですから。「雨」を「愛」と読みかえてもいいでしょう。彼女は彼女の愛を必要とするものたちをいつも捜し、惜しみな

解　説　145

グラナダ郊外。川辺にイグサが生える大地（'01年、筆者撮影）

く愛情を注いだのです。そして、とりあえずの結果に満足することなくさらに探し続けていた、その心の状態が ansia です。ここでは「懸念」と訳しましたが、「熱望」「苦しみ」という意味もあります。あるいは、そのすべての意味を含んでいるのかもしれません。

　3、4行目は、訳では語順を変えましたが、原詩ではつぎのようになっています。

　　　o la fiebre del mar de inmenso rostro
　　　sin encontrar la luz de su mejilla.
　　　または　広大な顔を持つ海の焦慮が（わかる）
　　　頬の輝きとの　出会い無き（海の）。

　「広大な顔を持つ海」という奇抜な表現が、わかりにくいところです。彼女は「海」に喩えられています。1連で「大地」に喩えられたことと対になっています。ロルカがずっと、「聖なるもの」としてとらえてきた「海」です。その海は、生命の燃焼である「頬の輝き」を求めて、得られぬ焦慮のなかにあります。ロルカの詩は歌唱するにも相応しい詩ですから、前から読んでいって、後戻りすることなく理解できる詩です。この詩を読んだときスペインの読者は「広大な顔」というところで、立ち止まるはずです。奇抜な比喩だからです。この「顔」という比喩が、次の行の「頬の輝き」という比喩を呼び込むものになっていて、そこで読者は納得するわけです。モチーフからとらえ直してみると、まず彼女を「海」に喩えたいと考えます。つぎに生命の燃焼を「頬の輝き」という言葉で表したいと考えます。この「海」と「頬の輝き」をつなぐものが、「広大な顔」なのです。

　「自分の頬の輝きに出会えぬ焦慮」とは、自分の本当の生き方がまだ

見つけ出せず、模索しながらも懸命に生きている、という彼女の姿を指しています。顔が広大すぎて、すなわち「やるべき事、学ぶべき事が多すぎて、関心領域が広すぎて、」そのうちの何が肝心なのか、何が中心なのか、何が自分の使命なのか、わからず焦慮しているのです。

　このように必死に自分の使命を捜して誠実に生きてきた彼女の生命が、現在進行形のまま突然絶たれてしまいました。彼女の生きていく姿がここで改めて思い出されて、その哀しみが浮かび上がってくるのです。

　3連。彼女の死が、時代情況のなかに置き直されます。彼女のいなくなった世界でも、惨劇は続くだろうことが予見されています。流血がくり返されるだろう寝室は、alcobas と複数になっています。寝室とは平和な日常であれば、人が最もストレスから解放されプライバシーを保障される場所です。寝室が流血の場所になるということは、人が緊張と警戒を解く場所や時間がどこにもないということです。しかし（pero）、彼女はもう時代情況のなかに参加することはできません。だから、迫り来る危機に身を潜めている「いたいけな存在（debil talle）」である「ヒキガエルの心臓」や「すみれの花」のことを心配したり、手を貸したりすることはできないのです。

　4連。ここで読者は、1、2連では明確に示されなかった彼女の惨劇の現場に立ち会うことになります。1行目を直訳しますと、「君の下腹はもろもろの根の戦場」です。tu vientre = una lucha de raíces ということです。 vientre とは、ガセーラⅠの冒頭に登場した言葉です。ここでも「胎内」と訳しました。ここではロルカは、あえて遠まわしの表現を採らず、直接的な、むきだしの言い方をしています。それだけに、彼の怒りが伝わってきます。彼女は性的な虐待を受けて、殺されたのです。

　2行目。sin contorno は、直訳すると「君の唇は、輪郭のない夜明け」となります。夜明けとは、光が闇を駆逐して、ものにはっきりとした輪郭をあたえるもののことを言うのですから、「輪郭のない夜明け」とは「明けない夜明け」のことです。

　そして彼女の死は、スペインの動乱で犠牲になった多くの人々の列の

なかに置かれます。それが、3、4行目です。bajoとは、「下の方に」という存在の方向を意味します。「陰で」と訳しました。これが3行目の冒頭です。何の陰？　「ベッドの生暖かいバラの花」の陰で……。

　この「バラの花」とは、彼女が流した血が描いた痕跡のことを指しています。それは流されたままの生々しさを残しているから、「暖かい」のです。その陰で死者たちは、死にきることができず、すなわち慰謝されることなく、鎮魂の順番を待ちながら、いまも呻き続けているのです。

　この詩は、動乱が本格化していくさなか、1935年、マドリッドで発表されました。

■カシーダⅤ　外で見る夢のカシーダ

　この詩は、1932年に発表されています。この詩集のなかの最も早い時期のもので、この年に発表された詩篇はほかに、ガセーラⅥ「にがい根のガセーラ」とカシーダⅨ「黒い鳩のカシーダ」があるだけです。

　1932年とはロルカにとって、どのような年であったでしょうか。1931年の選挙によってスペインは、プリモ・デ・リベーラ将軍による長い独裁政治（1923～1930）を終わらせ、共和政治が始まります。ロルカは、共和政府の依頼によって、民衆の啓蒙を目的とした移動劇団「バラッカ」の責任者につき、各地へ劇を上演してまわります。彼はこの事業に全力を尽くしました。その渦中でこの詩は作られたものと思われます。共和政府は、1933年11月に右翼連合政府に取って代わられるまで、マヌエル・アサーニャ首相のもとで、急進的でリベラルな政策を次々に打ち出しました。しかしその間、保守・反動派のさまざまな抵抗が続き、首相を支えるリベラル派も、民主主義者、アナーキスト、共産主義者などに分裂していて、混乱が続いていました。

　この詩は、このような祖国スペインの混乱の全体と本質を、イメージの力によって象徴的にとらえなおし、迫り来る危機を訴えようとするものです。そのような臨場性をこの詩が持っていたために、当時のスペイ

ン人には、登場する多くの役柄、「ジャスミン、雄牛、niña、niño pequeñito、象、眠る人々」が何を指しているのかは、明瞭に理解できたでしょう。しかしその臨場性を持っていない私たちには、それが逆に「難解さ」になってしまいます。このことを踏まえて、詩の理解へ入っていきましょう。

　第1連。1行目でこの詩の主題が、ふたつの単語によって提示されています。ひとつは、「ジャスミンの花」。ジャスミンは南スペインではいたるところに咲いていて、一般家庭の庭などにも植えられています。白い可憐な花が咲き、いい匂いがして、花から取れるジャスミンオイル、ジャスミンティーは、ひろく愛好者がいます。いままで登場した草花は、アヤメやイグサやチューリップでした。アヤメは清楚、イグサは自然の生命力、チューリップは恋愛を象徴していました（GⅦ、GⅨ参照）。ここに登場するジャスミンは、人々の暮らしのなかにある日常的な花です。ありふれた庭に咲いていて、人々はそれを楽しんだり利用したりしてきました。すなわちジャスミンは、平和、平穏、日常、落ち着いた暮らし、を象徴するものです。

　もうひとつは、「雄牛」しかも「首に剣を突き立てられた（degollado）、闘う雄牛」です。闘牛における雄牛は、最初は闘うつもりなどさらさらないのですが、闘牛士に挑発され侮辱されて、おのれの誇りのため、敗北を宿命づけられながらなお、倒れるまで闘うもののことです。いま何本もの剣に貫かれながら、闘いをやめない雄牛がここにいます。

　つまり「ジャスミン」と「雄牛」とは、「平和で豊かな日常」と「退くに退けない闘いを闘う非日常」ということです。スペインの現在は、このふたつが同時に存在してしまっているということを、この行で示しています。

　2行目は、五つの単語を、写真を鋲で留めるようにピリオドで独立させて、提示します。前のシーンが後のシーンに影響を与えて、その連続が意味の流れを作り出す、という映画の技法であるモンタージュ理論（エイゼンシュタイン、1925年）の影響を感じさせます。

　まず、「どこまでも続く舗道」。舗道ですから、人々が買い物や散歩や

ジャスミンの花が白壁に沿って咲いている（'05年、筆者撮影）

おしゃべりなどに使う日常的な道路ではありません。舗道は、クルマや馬車や馬が使うものです。あるいは戦車や軍隊が。その道路はどこまでも続くのですから、多くの人々がどこからも入ってきて、どこへでも出て行くものです。動乱の気配がします。

次に「地図」。地図は、知らない土地で必要になります。あるいは何かを計画するから、必要になります。日常性の延長には、地図はいりません。ここには、たくらみや陰謀の気配がします。軍が動く。兵が動く。暗殺がある。急襲がある。デモや集会がある。そこではじめて、計画がねられ、壁に貼った地図を指さしながら白熱した議論が展開します。

それがなされるのは、「部屋」。議論に疲れたら、ちょっと一服して、お茶を飲みます。そして「竪琴」。やがて、議論も尽きて、「夜明け」が訪れる。行動の時が近づく……。

Pavimento infinito. Mapa. Sala. Arpa. Alba. この、韻を踏んで軽快にたたみかける表現に注目したいと思います。ジャスミンと雄牛をとりまく外的な情況が、こうして明らかにされます。

3行目で「女の子 la niña」が登場します。私たちにおなじみの niño は、天上的なものと地上的なものを仲立ちする存在でした。niña は、niño と対になる言葉で、「女の子」を意味しますが、ここではより地上的で、やさしく家庭的な存在の象徴です。finge（原形 fingir）は普通、「ふりをする」と訳されますが、「『そうではない』ことを良く知りながら、『そうしてみる』」ことと理解して、「なってみせる」と訳しました。

「ジャスミンの雄牛」とは、ジャスミンに象徴される「平和で豊かな日常」と、雄牛に象徴される「誇り高く、屈従することを拒む精神」が共存し統一されている状態のことを指します。

3行目で言っていることは、「平和の魂である女の子が、この共存と統一をつよくつよく願った」、ということです。しかし時はすでに遅く、雄牛は死の淵（命の光が消えようとする黄昏）にあります。

　第2連。ここでは、1連の niña の願いを引き受けて、「ジャスミンと雄牛」の共存・統一が実現したらどうなるかが示されます。そのためには、空は小さな男の子でなくてはなりません。「空」とは、この地上を宰領するもののことです。それがなぜ、niño ではなく、niño pequeñito なのでしょうか。niño は少年ですが、niño pequeñito はまだ幼児です。その存在は、「無垢で純粋ではあるが、非力な存在」と理解することができます。少女の願いが実現されるためには、この「非力」な niño pequeñito を登場させる以外にないというところに、この仮定の不可能性が暗示されています。

　2行目から4行目までは、los jazmines tendrían がそれぞれの名詞にかかっています。直訳しますと、「ジャスミンは暗い夜の半分を持つ、そして闘牛士ぬきの空色の闘牛場を持つ、さらに（闘牛場の）柱の根元に（雄牛の）心臓を持つ」となります。

　「暗い夜の半分」……？　では、もう半分は？　これは、半分ずつ分けるという意味ではなく、雄牛と「ともに持つ」という意味でしょう。現状は、ジャスミンの存在は隅に追いやられ、闘いが前面に出てきています。だから、もし空が niño pequeñito になったら、夜の半分をジャスミンに取り戻してやる、ということです。同様に、「闘牛士ぬきの闘牛場」とは、「闘牛士を閉め出す」ということです。「柱に心臓」とは、闘いのときは闘牛士に対峙して、いつも広場の中央にある雄牛の心臓が、柱の根元で鼓動をうっている、ということです。これが、少女の願いだったのです。

　3連では、「空は象」という現実が示されます。「象」とは、カシーダ3で出てきたように、自分に従わせるために、なにもかも強引に押しつぶしていく強力な力を表します。空が象になると、ジャスミンはますます追い詰められて、その樹液は生気を無くしていきます。

　この部分の、el jazmín es un agua sin sangre の訳は、迷いました。直

解　説　　151

訳すると、「ジャスミンは、血を失った水」となりますが、これでは意味不明です。血を「生気」と訳して、水を「樹液」ととらえ、「生気を失った樹液」としようかとも考えました。しかし1連にsangrientoという言葉が使われていて、ここでsangreが使われるのは、ロルカにとっては意識的なものだったと考えられますから、訳に「血」という表現は残しておきたいと思いました。その結果、いまの訳になりました。

　平和な日常を願う魂である「女の子」は、うち捨てられた夜の小枝となって、だだっ広い舗道に投げ出されています。軍隊や戦車が通る舗道です。

　4連。entreは、英語のbetweenと同じで、前置詞句を作ります。しかし1、2行で作り出された前置詞句は、本文が登場する前にピリオドが打たれて、終了してしまいます。同様に3、4行は、二つの名詞がyでつながれただけでピリオドを打たれて、終了しています。この、正規の文章を作らない破格の表現は、作者が押し出そうとする意味や意志を、あえて抑えて中断しているのです。それは、宙ぶらりんのまま人々の前に投げ出されている現実を、直接そのまま伝えようとする大胆な方法であると思います。

　1、2行は、〈ジャスミンと雄牛、あるいは（ジャスミンと）象牙の鈎、あるいは（ジャスミンと）眠る人々との間で〉という意味です。「雄牛」＝やむにやまれず闘いに立った人たち、「象牙の鈎」＝犠牲者を吊す鈎、それは支配者の身体の一部でできている、「眠る人々」＝まだ起こりつつある事態に直面しようとしない人たち。ジャスミンに対面している三つの言葉は、以上のものを象徴しています。つまりこの三つは、民衆の三つの姿を表しています。時系列になおすと、「眠る人々」→「雄牛」→「象牙の鈎」、となります。この3つの姿は、互いにからみあいながら同時に存在しています。これら民衆とジャスミンとの合流を阻むもの（だから、「はざま」があるのです）は何かが、問われています。

　こうしていまの現実は、「ジャスミンの中の、象と暗雲」と、「雄牛の中の、女の子の残骸」として現れます。ここで、この詩の1連第1行

が、螺旋のような過程をたどって、進化した事態でもう一度くり返されています。一方には「象の支配と、その不吉な未来」、他方には「闘いの中で顧みられず、うち捨てられた、平和への願いやささやかな幸せ」として。

　ロルカは、現在の事態をもたらしたものたちを名指しして、声高な非難を投げつけることは、していません。この事態に至った原因をえぐりだして、問題提起することも、ありません。彼のまなざしは、事態の陰にあって黙殺されているジャスミンや niña や niño pequeñito に注がれています。どのような結果に至ろうとも、それら「小さなものたち」が救われ生かされなくては意味がない、と彼はこの詩篇全体を通して訴えています。それが、彼の夢でしょう。タイトルの「外で見る夢」とは、「醒めて見る夢」、「起きていて見る夢」という意味です。それが悪夢に変わるのではないか、という強い危機意識が、全編を貫いています。

■カシーダⅥ　得ることのできない手のカシーダ

　1連です。1行目。「その手が欲しい」とは、自分の手として、「こんな手が欲しい、僕の手がこうであったらなあ」ということではありません。自分の方に「さしのべられる手」として、「その手」が欲しいのです。「その手以上に欲しいものはない」という最上級の表現は、「欲しいものはいろいろあるが、一番欲しいものが『その手』だ」ということです。そうである以上、「その手」は特定されています。それなのになぜ、una mano と不定冠詞が使われているのでしょうか。

　2行目を見てみます。「傷痕を持つ手」、欧米の人間にとってこれはすぐさま、「キリストの手」を意味します。キリストの手には、磔刑の時についた釘の跡があるからです。キリストの手を望むのは畏れおおいことですから、おずおずと遠慮深く「si es posible（もし、許されることなら）」と言っているわけです。それを考慮すると、定冠詞にしなかったのも、それがキリストを呼びつけにするようなニュアンスになってしまうので、それを避けようとしたのではないでしょうか。

解　説　153

3、4行目では、経済的物質的条件を犠牲にしてもいいから、「その手」が欲しいと言っています。

　では、「その手」が僕のものになったら、どうなるのでしょうか。それが、2連で述べられます。この連は、コンマでつながれた3つの文章で構成されていますが、その主語である una mano は省略されています。私の訳では、意味を明確にするために、主語は復活させました。

　1行目。「その手」は、百合になります。pálido は、「青白い、青ざめた、淡い、弱い」などの意味です。cal は石灰。百合は王家の紋章になったくらいですから、もともと高貴な存在を意味します。その百合の白さが透きとおるように白く、蒼白くさえ見えます。cal も、「人間界を越えた」という意味でしょう。「その手」は、そのような存在になるのです。

　2行目。「その手」は、鳩になります。「鳩」は、鳥一般がそうであるように、天上と地上を結びつけるものです。「僕の心臓」とは、僕の魂が存在する場所です。その心臓と鳩が結びつけられることによって、僕の魂は一直線に天上界とつながることができる、と言っています。

　3、4行目。「その手」は guardián になります。guardián は、「僕のtránsito の夜」に「月の中へ入ること entrada a la luna」を厳しく禁じて、見張っています。tránsito とは、「乗り換えること」「乗り換え地点」を意味します。ここでは、「死んで、生命が入れ替わる」という意味にとりました。guardián は、僕が死んだ後のその「乗り換え」を見まもり、導くもののことでしょう。問題は、「月の中へ入ること」の意味です。月は一般には、死を象徴します。キリスト教での死とは、現世での人間のあり方がぬぐい去られて、最後の審判まで魂が待機することです。そこへは行けず、魂が鎮魂されずに迷っている状態を「月の中へ入る」と表現しているのではないでしょうか。「その手」は、そのようなことにならないように、見張り導いてくれるのです。

　2連で重要なことは、「その手」は、天上界へと人をつなぎ最後にはそこへ導いてくれる〈媒介者〉として描かれていることです。「その手」は聖なるものでありながら、日常的な身近な存在なのです。つぎの連でも、もう一度そのことが書かれています。

３連では、「僕」が生きていくうえで、そして死ぬときに、「その手」が果たしてくれる役割が描かれています。「その手」は僕の日常を不断に聖化してくれ、死ぬときは聖なるものへと導いてくれるのです。詩の言葉で書かれたこれらのことは、では具体的にはどのようなことを指すのでしょうか。つまり、「その手」が得られた状態とは、どんな状態なのでしょうか。

　それは、「僕」の日常生活においていつも聖なるものを身近に感じることが

手に傷を持つキリスト。（筆者撮影）

できるということを指し、死ぬ時には聖なるものの方へ必ず導かれるという確信が存在するということを指します。何をさておいても、そのような実感と確信が欲しいと、ロルカは言っています。ということは、そのような実感や確信がロルカにはまだ無いと、述べたことになります。

　このような信仰上の渇きが、この詩のテーマになっています。教会を通した、古い権威主義的な信仰から訣別した彼は、誰にも頼らず、宗教の原点に戻って、聖なるものの意味とその復権をさぐっていかなければなりませんでした。

　その成果は、たとえば「死んだ幼い男の子のガセーラ（毎日昼下がりになると……）」や「人知れぬ死のガセーラ（りんごの眠りをねむりたい）」や「脱出のガセーラ（僕は幾度も海にあこがれ……）」などに見ることができます。彼の恋愛をテーマにした詩も、恋愛や性愛の向こう側につねに絶対的な永遠の価値を希求しています。しかしこのような立場に立つからといって、彼は決して現実から逃避して、信仰的な観念に閉じこもろうとしたわけではありません。彼は自分の使命をよく自覚し（僕の唇には黄金の馬小屋がある……）、それを果たそうとし、その現実との格闘から聖なるものの意味を見出そうと模索し続けたのです。

　さて、この連で una mano は、esa mano へと進化しています。私は、

解説　155

「その手」→「そんな手」と訳し分けてみました。1連で「その手 una mano」が登場しましたが、2連では主語の省略という形で mano は登場せず背後に退き、その意味が強く押し出されました。それを受けて3連では esa mano という進化した姿でふたたび登場しますが、4連ではまた代名詞によって背後に退きます。このようにロルカは「手」の表現に、繊細な配慮をしていることがわかります。

　文法的な工夫によってなるべく直接にそのものを名指さないという表現をそのまま訳すと、意味がとりづらくなりますので、私の訳では「その手」「そんな手」を明示するようにしました。

　4連です。1行目で、「聖なるもの（その手）」以外は、すべて過ぎていくものだ、と言っています。

　2行目では、「過ぎていくもの」のなかでも、一般には過ぎていかないと思われているものが特にふたつ、例示されます。そのうえで、「それらさえ、聖なるものと違って、過ぎてゆくのだよ」と述べているのです。

　そのうちのひとつは恥です。ここでいう恥とは、日本で一般に使われている意味での、すなわち「世間に顔向けできない失敗からくる負い目」の意識ではありません。神が人間に与えた倫理に人が背くことで、神を裏切ったことからくる自責の意識のことです。人に恥を意識させるものは、世間ではなく神です。世間が相手なら、世間の風向きが変われば恥も忘れ去られるでしょう。しかし神が相手なら、恥は消え去ることはありません。「恥が名付けられる」とは、恥の性格や中身が明確に規定されるということです。完全無欠の人間はいないのですから、だれでも何かしら「恥」をかかえて生きていかなければなりません。しかしこのように変わらないものである「恥」も、聖なるものの前では、永遠ではないというのです。いつかは名付けようもないものになって、許されるときが来るのです。

　もうひとつは、astro perpetuo です。これを直訳すれば、「永遠の天体」「不滅の星」となります。この perpetuo という形容詞は、1行目で「すべて過ぎていくものである」と断定しているのですから、矛盾する

ことになります。ですから、perpetuo は反語ととらなければなりません。「いわゆる君たちの言う『永遠の星』さえも、過ぎていくものなのだよ」というように。

　ところでこの「永遠の星」とは、物理的な天体や星のことを言っているのでしょうか。空の星は確かにいつも変わらず頭上にあるものです。しかしこの言葉は、「恥」と並べて例示してあるのですから、もっと人の生き死ににかかわる言葉のように思えます。恥は、人が生きていく上で必ずついてまわるものです。そのような、人についてまわり人を支配するような astro perpetuo——それは、「宿命の星」のことではないでしょうか。宿命はだれにも変えられないと思われていますが、それさえも過ぎていくもののひとつなのです。

　3行目。Lo demás es lo otro の訳が難しい。otro は、英語の other です。直訳は、「その手以外は、別のもの」となります。ここでは世界は、esa mano と lo demás に分けられています。そのうえで、その lo demás が lo otro だと言うのです。「その手以外のものは、その手とまったく次元を異にする」と読めます。言い方を替えると、「神の手のある所にのみ、神はいる。それ以外のところには、神はいない」ということです。つまり、「神の手」が感じられない場所で起こっているすべてのことは、神とは無縁のことだ、神とは無縁だから、ただ過ぎていくだけだということです。

　結局、Lo demás todo pasa. と Lo demás es lo otro. は、同じことを言っているのです。つまり lo otro とは、「神のいない虚無」のことです。「神のいない虚無」とは、スペインの混乱と葛藤のことをいっているのです。その中で苦闘しながら、一筋の光を求めるように「神の手」を求めること、そのことだけが意味のあることだ、と言いたいのです。

　そこでこの文を意訳してみると、「その手以外のものは、神とは無縁である」。ロルカが心を尽くして避けている「神」という直接的な言葉を、ここで出すわけにはいきません。それで、最初から文章の流れを確かめてみると、一貫して「僕が望むもの」「僕における手の存在の意味」という観点で書かれています。それなら、いっそ「僕には無縁だ」

解　説　157

としておこうと考えました。

　この文章の後、ハイフンが記されています。この文の全体を受けて、この言葉が来ます。「viento triste」その手以外は、虚無の裡にある、そこには「哀しい風」が吹いている……ということでしょう。この「哀しい」triste という形容詞には、虚無の現実に対する作者の感情表現が込められているのですから、訳に際しては「哀しい風よ」と詠嘆の形にしました。

　4行目は、mienrtras によって導かれる副詞節です。哀しい風がもたらす情景が描かれます。「群れをなして遠ざかっていく木の葉」とは、「過ぎていくものたち」のことです。

　ロルカの詩は、さまざまな言葉が登場し葛藤し展開していきながら、やがてクライマックスへと合流していくという演劇的なスタイルをとっています。この詩も、その情感の中心は最後の2行にあります。

　現在の混乱も悲劇もやがて過ぎていくものにすぎない、という透徹した自覚があります。そのうえで、しかしそこには「哀しい風」が吹いています。1連から3連にかけての、「その手」を望む叙述は、逆に「その手」の不在を強く印象づけます。〈「その手」がこのようなものである〉と言えばいうほど、「その手」を得ることの不可能性が浮かび上がってきます。これが、表題の "la mano imposible" の意味です。「得ることのできない手」と訳しました。この詩全体を通して確かに存在している唯一のものは、ロルカの祈るような渇望、それだけだ、といえるでしょう。

■カシーダⅦ　薔薇のカシーダ

　献辞にあるアンヘル・ラサロ（Ángel Lázaro）は、マドリードの新聞「ラ・ボス」（La Voz ＝「声」）の記者で、ロルカの友人でもありました。詩の内容から推して、彼の人となりを評価して、この詩を贈ったものと思われます。この詩によって描かれたラサロの個性は、それを理解し共鳴しているのですから、ロルカの個性でもあったでしょう。

それにしても、なぜ「薔薇」なのでしょうか。薔薇は、花の美しさ、華麗さによって古くから人々に愛されてきました。また栽培や交配の工夫によって品種改良が重ねられ、自然な進化では考えられないほどの多様な種類が、貴族・上流階級の支援の元に開発されてきました。つまりそれは高貴さを表すとともに、人間の文化的到達の最先端をも表しています。またこれほどの美しい花を持ちながら、他を峻拒する完璧な刺を所有する点では、孤高を意味します。シンボルとしては「知恵」、花言葉では「情熱」「恋愛」という言葉があてられています。このようなイメージの重層を背後に持ちながら、ここで「薔薇」が登場しています。

　この詩は、いままでのカシーダと違って、典型的な歌謡の詩形を持っています。まず1行目に La rosa という言葉が単独で放たれます。私の訳では「薔薇よ」と、呼びかけの言葉にしました。つぎの2行目が登場することで、1行目が2行目の文章の主語であることがわかります。

　各連の1～2行目の、La rosa no buscaba ～は、各連の4行目に対応しています。

　「(La rosa) buscaba otra cosa.」主語は、省略されています。

　3行目は、la rosa を修飾、または同置の関係です。1連で見ますと、la rosa ← casi eterna en su ramo です。これが三つの連でくり返されています。la rosa = confín de carne y sueno（2連）。la rosa ← Inmóvil por el cielo（3連）。

　それぞれの連は、〈薔薇は、○○を求めなかった。□□である君は、それ以外の何かを求めていた〉というパターンを作っています。

　〈高貴で孤高であるがゆえに「薔薇は、○○を求めなかった」……〉ということになります。つまり、普通の人がともすれば求めてしまうものが、○○なのです。その○○とは、何でしょうか。具体的にたどってみましょう。

　1連。「薔薇」は、「夜明け」を求めなかった。ここで「夜明け」とは、自分たちが解放される未来です。今よりよくなる未来です。「夜明け」を求めるのは、夜明けを信じているからできるのです。

　近代主義的な立場に立てば、歴史は一直線に前向きに進み、過去より

解　説　159

グラナダ大学の薔薇。学生食堂に向かう通りに沿って薔薇が咲いていた。(筆者撮影)

未来は発展し良くなっていく、と考えます。ですから、共産主義者たちもファシストたちも、この点では同じ思想的前提に立ちます。しかしラサロは、この立場に立たないのです。このような、時間を軸とする考え方を拒否するのです。そうすると、よりよき未来にむかって現在を堪え忍ぶのではなく、ただいま現在の中に「永遠なるもの」「絶対的なるもの」を求めるということになります。「永遠」に触れようとしているから、あるいは触れているから、薔薇はすでに永遠の内にあります。ただ、その薔薇も「枝の上」という、やがて「過ぎていく」ものの上に足場を置いているのですから、完全に永遠ではありません。それが、casi eterna の意味です。

　つまり、「現在」という時間的枠組みからは、誰も自由ではないのです。こう理解するとこの詩は、カシーダⅥで言っている、〈「永遠」と「過ぎ去るもの」〉の再現であることがわかります。

　2連。ciencia が「知識」であることに異論はないでしょう。ciencia は、「科学」でもあります。「科学」は、知識および知識の集積を論理的に体系化した学問のことです。1連を受けて、ここでも近代的思考が拒否されています。近代的思考は、知識や科学の、量や質を競うことで成り立っているのですから。政治的な争いもまた、知識や情報の多寡によって争われます。そのような前提に、薔薇は立たないのです。

　「知識」を求めないのなら、では「幻想」に依拠するのでしょうか。sombra は、一般には「ものの陰」「影」「幻想」などを表します。ここでは「知識」に対比してありますので、「幻想」としました。幻想は、知識や科学のような論理的筋道で探求し、数値で表すような知の体系ではなく、直感や非合理的確信によって成立するもうひとつの知の体系で

す。芸術や宗教がそこへ入るでしょう。そのような知も薔薇は求めませんでした。

3行目は、la rosa = confín de carne y sueño となっていて、薔薇と confín が同置される関係です。confín は、「境界、境界線」の意です。「身体と夢」との。「身体と夢」とは、「現実的なものと観念的なもの」くらいに理解すればいいでしょう。すなわち、「知識」と「幻想」のことです。薔薇はその境界線に在って、どちら側にも落ちなかったのです。私はこの部分の試訳をいくつか考えました。

アーチ状に薔薇が植えられていた。（筆者撮影）

　　薔薇は、身体と夢の境界である
　　薔薇は、身体と夢のつなぎ目である
　　薔薇は、身体と夢を分かつ場所である
　　薔薇は、身体と夢が出会う場所である
　　薔薇は、身体と夢が合流する場所である

confín を単に、ものごとを物理的に色分けする「境界」ととらえるのでは不十分です。二つのものを「分かつ場所」あるいは、「出会う場所」と考えました。この詩では、ふたつのものが対立概念として提出されていますので、「分かつ」という訳にしました。

論理ではなく直感でもない、それらとは別の知の方法を薔薇は模索しているのです。

3連です。薔薇が薔薇を求めるとは、自分自身を求めることです。あるべき本当の自分を求め、そうなろうと努力することです。そのためには、「本当の自分」「あるべき自分」がどこかにあることを信じていなければなりません。ラサロは、それを信じていないのです。だから、求めないのです。「あるべき自分」という考え方は、「あるべき自分」を「あるべき未来」に替えれば、そのまま進歩主義になります。すなわち、

解　説　　161

「夜明け」を求めることになります。また、「自分」という存在が単独で成立するという考え方は、近代的思考そのものです。それを、拒否しています。

3行目。Inmóvil por el ciero は、La rosa にかかる形容詞句で、「虚空にたじろぐことなく立つ（薔薇）」という意味です。

「夜明け」「知識や幻想」「薔薇自身」は、近代主義そのものです。これらはすべて、「時間」を軸にした考え方です。近代以前は、「時間」は緩やかに永遠に循環するものであり、ギリシャ悲劇や昔からの言い伝え・物語は過去のものでありながら現在に生き、未来を予兆するものでもありました。近代以前は、知識の量を競う必要もありませんでした。まじめに生きてさえいれば、必要な知識は自然に授けられるものであるし（季節の移り変わり、星の運行、作物や牛馬の世話など）、それ以上は必要としませんでした。ですから、反知性としての「幻想」も必要としませんでした。「自分」はすでに与えられ、あらかじめ存在していて、世界や自然に親和的に受容されており、求める必要などほんの少しもありませんでした。これらのものが求められるようになったのは、近代になってからです。この近代主義の「罠」にはまらずに、ラサロは、そしてロルカは生きていこうとしているのです。しかしそれは、単純に過去を美化し、過去に戻ろうとするものではありません。現在への批判意識、現在を支配している近代的思考への批判が、一見してそのように見えようとも。

■カシーダⅧ　金色の少女のカシーダ

ドラマチックな、詩劇といってもいい作品を私たちはすでに、「死んだ男の子のガセーラ（GⅤ）」や「水に傷つけられたカシーダ（CⅠ）」などで見てきました。この作品も、そのような作品です。

まず、muchacha について確認しておきましょう。CⅤ「外で見る夢の～」に登場する「女の子」は、niña でした。niño に対応しています。それに対し、muchacha はもっとくだけた言い方で、muchacho（男の

子）に対応しています。「かわいいお嬢ちゃん」とでも言いましょうか。

　1連。かわいい女の子が水浴びをしていると、水は金色に染まった。3行目のyは、「そうすると、……」という意味です。

　2連。algasは、「海藻、藻」ですが、ここは海ではなく川だと思われますので、「水草」と訳しました。水草も木の枝も複数形です。それらが、陰を作ってやっています。sombraは、「暗がり、陰、物陰」を意味し、asombrabanは、「陰をつくる、影をおとす、暗くする」という意味です。「陰の中に、陰を作ってやる」とは念の入った言い方ですが、もともと女の子は水浴びをするのに目立たない日陰を選んだのです。その子のために水草や木の枝が本格的な陰をつくってやった、というのでしょう。

　というよりここは、sombra → asombrabanというたたみかけるような、言葉のリズムを作り出す表現を、ロルカが選んだということでしょう。「そして小夜啼き鳥は歌った、白い少女のために」（直訳）——ここで少女は「白く」なっています。1連冒頭が、La muchacha doradaで始まっているのに、2連最後が、la muchacha blancaで終わっています。それは明らかに少女が、水浴びによって「金色」を洗い流したからです。そこで訳は「白『くなった』少女」としました。この部分は注目しておきたいところです。

　水浴びという行為は、浄化するという行為です。「金色」は確かに美しい色には違いないのですが、それは地上的な美しさです。その地上的なものを洗い流して、聖化すること、これが「白くなる」ことの意味だと思われます。ここですでに、「転生」というこの詩のテーマがほのめかされています。

　3連。少女は、秘めやかに浄化されて変身しようとしています。そのまま過ぎていけば、メルヘンのようなほほえましい情景が、誰にも知られることなく展開されていったでしょう。しかし、不吉な予兆がやって来ます。

　1行目は、「澄みわたった、明るい夜が来た」です。claraは、「明るい、輝いている、くっきりとした、晴れわたった」という意味ですが、

解説　163

「夜」にはなじまない例外的な表現です。この形容詞が使われることで、〈その夜は月の光がこうこうと照って、まるで昼間のように、あたりをくまなく照らした〉という情景をほうふつとさせます。

　2行目の解釈が、問題です。冒頭の turbia を、clara と並置させた形容詞で、ともに la noche を形容しているとの解釈は、文法的に不可能です。あとに de plata が来るのですから、turbia は名詞です。turbia は Vino の主語だと解釈すべきです。

　つまり、「やって来た」のは、la noche と、turbia de plata mala のふたつなのです。その順番で、やって来たのです。1行目で、「明るい夜」が来ているのですから、空には満月の月が輝いているはずです。そしてつぎに来たのが、「不吉な銀（の月の）かげり」です。plata が月であることは、言うまでもありません。他に銀色のものはないのですから。ここには、この詩の冒頭に登場する地上の豊かさとしての「金色」に対置するものとしての、空の上の不吉な「銀色」があります。

　これを歌唱として、耳をすませて聞いてみましょう。まず1行目で、「明るい夜が来た」と、最後に clara を強調して歌いあげます。それは、1、2連からつづくメルヘン的な平和の余韻を受けてもいます。しかし clara という言葉が終わったとたん、いきなりその反対語とも言える turbia という言葉が歌い出されます。聴衆は、「おや？」と思うでしょう。さらに、dorada（金色）の反対語である plata（銀色）が続きます。そのあと念を押すように mala です。この2行目によって、情況が一挙に反転します。

　3行目の con は、「～と一緒に、～を連れて、～を伴って」という意味の前置詞です。「銀のかげり」が連れてきた主体で、連れてきたものは「不毛の山並み」です。これは、つぎのような情景を描いていると考えます。〈晴れ渡っていた時は、光があたりを隅々まで照らして、すべてが見渡せました。ところが月がかげると、山の裾などは暗くて見えなくなってしまいます。それに反して、月に近い頂上の方はかえってよく見え、そこがとくに視界に入ってくるように思えます。まるで、「月のかげり」が引き連れてきたかのように。〉この状態を示すために、con

を使っているのです。

　4行目の bajo 以下は、前置詞句を作って「よどんだ微風の下の」という意味で、「山並み」にかかります。2行目から4行目を直訳しますと、「よどんだ微風の下の、不毛の山並みを連れて、不吉な銀のかげりがやって来た」となります。こう訳すと、文章の順序が原詩の逆になります。それでは、詩の生命が死んでしまいます。

　この連の特徴は、1行ごとのイメージの鮮やかさにあります。「明るい夜」→「銀のかげり」→「（かげりの中で浮かび上がる）不毛の山並み」→「その上のよどんだ微風」——歌われるたびに、イメージが前のものにかぶさりながら更新していく、ゆたかでダイナミックな表現は、語順を変えてしまうと死んでしまいます。原詩の語順をそのままにして訳すために、少し工夫してみました。念のため、この部分の私の訳を示しますと、こうなります。

　「不吉に輝く銀色の月が　やがてかげり、／そこだけは鮮やかな　不毛の山並みのうえを、／よどんだ微かな風が吹き過ぎていく。」

　4連。3連の大情況から、ふたたび少女に戻ってきます。ここで、少女は「濡れて」「水の中で白かった」と、念を押しています。短いこの連は、読んでしまえばすぐに通り過ぎてしまいますが、歌として見ると、歌いあげる劇的な部分になります。1連から3連までの描写が、ここで合流するのです。

　La muchacha mojada で、水浴びする少女を喚起し、era blanca en el agua で、「白」と「水」を強調し、y el agua, で、el agua をくり返して、聴衆のイメージを水の一点に絞り込み、llamarada. で、一挙に歌いあげるのです。

　4行目で el agua と llamarada が並置されることによって、何より雄弁に「水が炎と入れ替わったこと」を告知しています。この部分は、大きく深く長く魂のこもった声での、歌いあげになることでしょう。

　5連。さて、「夜明け」がやって来ます。〈夜が来て、やがて夜明けが来る〉ということを、時間的経過としてのみ理解するのでは、不十分です。それよりもこの詩篇をひとつの舞台と見なして、「夜」という役柄

が登場し、その役目が終わると、つぎに「夜明け」という役柄が登場する、というように理解した方がいいと思います。「夜」の役柄は、悲劇を醸成し実現するというものです。「夜明け」の役柄は、悲劇に直面して嘆き悲しみつつも、鎮魂し慰謝するという役柄です。

1行目。「sin mancha の夜明けがやって来た」、sin mancha とは、"conducta sin mancha（清廉潔白な行動）" と使われるように、「罪とががない」という意味です。つまり、少女の悲劇に関与していない、責めを負わない「夜明け」ということです。

2行目。その「夜明け」は、雌牛の千の表情を持っています。雄牛が闘いを象徴するとするなら、雌牛は平和や生活を象徴します。ここは、悲劇を知った多くの人が嘆き・哀しみ・怒りなどさまざまな表情をしながら駆けつけてきた、ということでしょう。

3、4行目。駆けつけてきた人たちは、少女の死を直感して、すでに弔いの用意をし、炎に焼かれた少女を慰謝するための「凍った花冠」をかぶっています。

6連。ふたたび少女です。「涙の少女は／炎を浴びていた」（直訳）。注目すべき所は、1連との対比です。

（1連）

La muchacha dorada
se bañaba en el agua

（6連）

La muchacha de lágrimas
se bañaba entre llamas

同じ文であることが、おわかりでしょう。つまり、1連で水を浴びたのと同じように少女は、6連では火を浴びているのです。「水浴び」でなく、「火浴び」をしているのです。

これは、少女は一方的に炎にまかれる被害者ではなく、〈水の、意図せざる炎への変化〉にもかかわらず「浴びる」という行為を続けた行動者である、ということを意味します。「浴びる」という行為は、現世的な価値である「金色の身体」を清め振り払い、自己を聖化するということでした。水が炎に変化したからと言って、それをやめることはできなかったのです。ではなぜ、水は炎に変化したのでしょうか？

そこにロルカは、神意を見ているのです。そしてそれを神意として甘

受しつつ、神の下で自己を聖化していくことが、少女がとった選択でした。ですからここでは、少女はひ弱な被害者ではありません。宿命を甘受しながら、宿命を積極的に生ききろうとしている能動的な主体です。

そこで、単なる同伴者である ruiseñor（小夜啼き鳥）と少女の「泣き方」の違いを押さえておかねばなりません。ruiseñor は翼を焼かれて、ただ泣き叫んでいるだけです。少女は、涙を流しながらも、苦痛に耐えてみずから火を浴びています。ですから、ruiseñor は燃えつきるほかありませんが、少女は白鷺へ転生するのです。この対比を浮かび上がらせるためにこそ、ruiseñor が登場しているのです。

7連。〈金色の少女は／白鷺だった〉（直訳）。金色と白鷺は、色において両立しません。ここは、「『金色の少女』と呼ばれていた少女は」と理解すべきでしょう。少女が「白く」なったのは、2連と4連ですでに描写されています。白くなった少女は、炎によって聖化されて「白鷺」になったのです。鷺とは、天界と地上をつなぐもののことです。地上を飛び立った少女のあとに残されたものは、少女の地上での痕跡である金色に染まった水でした。

この最後の行は、解釈に一番悩んだ部分です。y el agua la doraba という文章の、la をどう理解するか、という点です。la を la muchacha の略だと考えることもできます。そうすると、「白鷺になった少女を水がもう一度、金色に変えた」、ということになり、浄化の意味がなくなります。

la は el agua の代名詞つまり、水と考えることもできます。そうすると「水を金色にした」（線過去）と言う意味となります。ここでは、この考えを採りました。

少女は、グラナダのことだと思います。突如押

グラナダ大聖堂。ビブランブラ広場にあった筆者の部屋から。（'87年、筆者撮影）

解説　167

し寄せてきた苦難を、避けがたい受難として敢然と受け入れながら、その宿命を生ききろうとしています。その果てに、聖なるものへと転生する夢が、語られています。

■カシーダⅨ　黒い鳩のカシーダ

　ここでこの詩を捧げられている、Claudio Guillén（クラウディオ・ギジェン）という少年がどういう存在だったか、今では資料が残っていません。

　Sevilla（セビージャ）は、日本では「セビリアの理髪師」で知られています。グラナダと同じくアンダルシア（スペイン南西部）の主要都市で内陸部にありますが、グラナダからはかなり離れています。少年は、スペインの動乱の中で犠牲になったと思われます。

　この詩は、この詩集の中ではもっとも早く発表されたもので、1932年、マドリッドの文芸誌 "Heroe（英雄）" に "Canción（歌）" というタイトルで掲載されました。そして同じものが、1933年にアルゼンチンのブエノスアイレスで発表された際には、タイトルは "Canción de las palomas oscuras" に替わっています。まだ、"Casida～" という言葉は使われていません。ロルカが、ガセーラ、カシーダ集として詩を編む決心をする前に作られたものでしょう。そのためか詩の形式も、一定の形式を備えた連のつらなりで一篇の詩を構成するというやり方をとっていません。長い、22行もの詩句によって、構成されています。とはいえ、短い詩句でたたみかけ、韻をふみ、リズミカルな言葉遣いをして、タイトルどおりこれが歌曲として作られたことを充分感じさせます。

　この詩は、大きく三つに分かれています。黒い鳩と出会って問答する部分、白い鷺と出会って問答する部分、結論を述べる最後の4行、の3つです。

　さて、具体的に見ていきましょう。（行の表示は、[L3]＝3行目、[L3-5]＝3行目から5行目、と表すこととします。）

　[L1-2]　ここでの、「月桂樹のうえに、闇のように黒い鳩が見えた」

という描写は、冒頭から、読む者に異様な感じを与えます。神聖な木である月桂樹のうえにいる鳩は、現実にはありえない真っ黒な色をしています。これから、超現実的世界での「僕」の経験が語られようとしているのが、わかります。[L2] の冒頭の vi は、ver の点過去で、主語が「僕」であることを意味します。「見える、見る、気づく、わかる」など多くの意味がありますが、基本は「見える、見る」です。

　dos palomas oscuras の oscuras を「闇のように黒い」と訳しましたが、「闇のように」は余計ではないか、と思われるかも知れません。先回りして述べますと、[L11] に dos águilas de nieve という言葉が登場して、直訳すれば「雪の鷲」です。これは、dos palomas oscuras と対比されて、「雪のように白い鷲」ということです。この鷲の訳と対称的なものにならなくてはならないので、dos palomas oscuras も「闇のように黒い鳩」としました。もともと oscura には、「闇の暗さ」が基本概念になっていて、そこから派生して、「暗い、黒い、曇った、輪郭があいまいな」などの意味が拡がったものです。

　[L3-4]「その二羽の鳩は、太陽と月だった」、こう断定しているのは、「僕」です。この詩は、一貫して「僕」の視点で書かれています。しかしここは、注意して読まなければならないところです。

　〈黒い鳩が見えた〉とは、過去のある時点での「僕」の経験です。しかし、〈それが太陽と月だった〉という判断は、その際の判断ではなく、その過去を振り返っている「今」の判断です。この「描写の二重性」に気づかなかったので、長い間この詩は、私にとってわかりにくい詩でした。もしこの詩が、「過去の僕」の視点だけで書かれたものなら、どうしても解釈が混乱してしまうのです。例をあげてみましょう。

　①鳩を見て太陽と月の化身だと、どうしてすぐにわかったのか。

　②区別がつかないほどそっくりな、二羽の鳩に化身した太陽と月を、どうして区別できたのか。

　③その正体が太陽と月だと知っているのに、なぜ「お隣さん（あるいは、鷲さん）」と呼びかけたのか。

　④「鷲たち」が「鳩たち」と同じく、太陽や月の化身だとわかってい

解説　169

るのなら、同じ問いかけをなぜしたのか。

⑤「僕」が鳩の正体を見破っているとするなら、なぜ太陽たちは化身の姿をとり続ける必要があったのか。

これらは、「二重性」の観点で読み解けば、すべて了解できます。「過去の僕」にはわからなかったことが、「今の僕」にはわかっています。その「今の僕」によって、「過去の僕」の行動が、「今の僕」の判断を折り込みながら描写されているのです。

太陽と月を区別し、「太陽は言った」と述べているのは「今の僕」です。「過去の僕」は、〈鳩に尋ねて、鳩が答えた〉と思っています。だから、つぎに「鶯」に出会えば、また同じことを尋ねるのです。太陽と月による「化身」というからくりは、最後の4行になって初めて、「過去の僕」の前に明かされます。

ここで「過去の僕」とは、死んだばかりで、葬られる場所を尋ね歩いている、魂そのものとなった「僕」です。「今の僕」とは、どのようにしてかはわかりませんが、ともかくも葬られてすべてを了解し、過去を振り返ることができるようになった「僕」です。ふつう、書き言葉の詩でしたら、誤読を避けるために表現がもう少し工夫されるものです。たとえば、〈二羽の黒い鳩が見えた。鳩に見えるその鳥のうち一羽は太陽で、もう一羽は月だった。〉〈鳩に姿を変えた太陽は言った……〉というように。

しかしこれは歌なのですから、歌い方を変えて演出すれば、いくらでもそのことを伝えることが出来ます。ロルカは、言葉をつけ加えることをせず、表現をシンプルなまま保ち、演出を工夫するという方法を採ったと思われます。

[L5-6] 「僕」は、鳩たちに声をかけます。[L5] は 最初、「僕のお墓はどこにあるの？」と訳してみましたが、「墓」という言葉は別に、tumba, sepulcro などもあります。ロルカはあえてそれらを採用せず、sepultura を使っていることに留意したいと思いました。sepultura は動詞の sepultar（葬る、埋葬する）から派生した名詞です。これは、「墓」というより、「葬られる場所」を指すのではないでしょうか。「墓」と

言ってしまうと、既に葬られ鎮魂されたことを意味します。この詩のなかの「僕」は、埋葬がまだ終わっていません。そこで、「僕は、どこに葬られるの？」という訳にしました。

[L7-8]　太陽は「私のしっぽ」と答え、月は「私ののど」と答えます。このふたつは両立しませんから、少なくともどちらかが間違っていることになります。一緒にいるのですから、正しいと確信を持っている方は、もう一方に抗議してもいいはずです。それがなく言いっぱなしであるのは、両方とも自分の言っていることに確信を持っていないからです。太陽は昼の世界に責任を持ち、月は夜の世界に責任を持っています。その立場からそれぞれに、「僕（少年）」の死を引き受けようとしているのでしょう。しかしその善意とはうらはらに、「僕」の死後の魂を受けとめるだけのはっきりとした根拠がないのです。「私のしっぽ」と言い「のど」と言っても、確信を持っていないのですから、本当にどこかの場所を特定しているようには思えません。ただ「私の領分の任意のどこか」と言っているに過ぎません。ここには、「私のつばさ」でも、「私のあたま」でもいいような、あいまいさがあります。

[L9-10]　ここで、「僕」の身体が今まさに、埋葬されようとしているのがわかります。にもかかわらず、魂は落ち着き先を求めていまだに、さ迷っています。鳩たちから答えをもらっても、納得ができないのです。この2行にそれが、示されています。

[L11-18] は、[L1-L8] のリフレインになっています。らせんをたどるように、リフレインしながら、意味が深まっていきます。リフレインによって、最初の表現の上に何がつけ加えられたかが重要です。僕は、二匹の白い鷺（これも、現実には存在しない）と裸の少女に出会います。[L11] の動詞は [L2] と同じく、vi ですが、「歩いて行った」うえでの行為ですから、ここは「出会った」と訳しました。

[L12]　「二羽の鷺は、同じだった　La una era la otra.」と言っています。前半の部分にはなかった表現です。注目しておきたいのは、ここでは、「見分けがつかないほど、そっくりだった」とは言っていないことです。「似ている」ではなく、「同じだ」と言っています。

黄昏のグラナダ。アルハンブラ全景。('98年、筆者撮影)

つまり、「太陽は、太陽であることによって生じる特徴を、ここでは持っていなかった」ということです。月も、同様です。そうしますと、「太陽は言った」「月は言った」という表現は、意味をなさなくなります。どうして、太陽は太陽らしく、月は月らしく、出てこなかったのでしょう。「出てこなかった」のではなく、「出てこられなかった」のではないでしょうか。太陽も月も、その個性が剝奪されていた、ととるべきでしょう。

ところで、この、「二羽は、同じだった」という判断は誰がしているのでしょうか。「過去の僕」には、二羽が「そっくり」という感覚はあるでしょうが、「同じ」という積極的な認識はないでしょう。それは、「今の僕」の判断です。同じ文章の中にあるのですから、「少女はぬけがらだった」という判断も、「今の僕」のものでしょう。

裸の少女とは、「僕」が生きていればかならず出会って恋をしたはずの、「運命のひと」のことです。彼女はその役柄をとかれたので、「裸」なのです。そして、ぬけがらになってしまったのです。[L14] の ninguna は、alguno = 「何らかの意味をもった〜、英語の a certain」という形容詞の否定形です。「何ものでもない」、英語の not any です。訳すのが難しいのですが、「ぬけがら」と訳しました。

 [L12] y una muchacha desnuda

 [L14] y la muchacha era ninguna.

と、韻を踏んでいます。「僕」は、鷲たちに同じ質問をして、同じ答えが返ってきます。

 [L19-22] 「過去の僕」が、自分が通ってきた方を見返してみると、もはや役割を終えた先ほどの鳩は裸で、抜け殻になっているのがわかりました。太陽と月がつぎつぎに鳥に姿を変えて、「僕」からの問いかけ

に答えを用意するという「からくり」が、見抜かれたのです。ここで「過去の僕」は初めて、「今の僕」の認識を獲得することになるのです。もし、「僕」がこの認識を獲得できなかったとしたら、さらに歩いていって、今度は鷲か鷺に出会って同じ問いかけをしなければならなかったでしょう。

　いったいロルカは、ここで何を言おうとしているのでしょうか。若すぎる、非業の死を死んだ少年の魂が休まるところがない、というだけではありません。休まる場所がないにもかかわらず、その場所が答えられてしまう、ということを言いたいのです。その場所が簡単に答えられてしまう「からくり」の欺瞞性が指摘されているのです。その「からくり」を主導するのは、ここでは太陽や月ですが、現実には少年の死にかかわるさまざまなひとびとだったり、勢力だったりするでしょう。少年の死を簡単に慰謝したり嘆いたりすることでは、その死を本当に鎮魂することにはならない、と言っているのです。

初出年表

※発表年順　○＝ガセーラ、▼＝カシーダ

［発表年月日、発表場所、出版物、摘要（発表時のタイトル）］

○ガセーラ VI：1932 年、マドリッド、Héroe No.6、aire de amor

▼カシーダ V：1932 年、マドリッド、Héroe No.4、Sueño al aire libre

▼カシーダ IX：1932 年、マドリッド、Héroe No.2、Cancíon（歌）

▼カシーダ IX：1933 年 10 月 29 日、ブエノスアイレス、La Nación、Cancíon de las palomas oscuras

▼カシーダ V：1933 年 12 月 24 日、ブエノスアイレス、La Nación、Sueño al aire libre

▼カシーダ II：1934 年、マドリッド、Poesía española, Gerardo Diego、El llanto

▼カシーダ VIII：1934 年、マドリッド、Poesía española, Gerardo Diego、Casida de la muerte pequeña

▼カシーダ III：1934 年 12 月、マドリッド、Ciudad No.1、Casida de los ramos

○ガセーラ X：1935 年、マドリッド、Almanaque Literario, ed. Plutarco（文学年鑑）Casida de la muerte clara

○ガセーラ XI：1935 年、マドリッド、Almanaque Literario, ed. Plutarco（文学年鑑）、Gacela del amor con cien años

○ガセーラ XII：1935 年、マドリッド、Almanaque Literario, ed. Plutarco（文学年鑑）、Gacela del mercado matutino

▼カシーダ IV：1935 年、マドリッド、Almanaque Literario, ed. Plutarco（文学年鑑）、Casida de la mujer tendida boca arriba

▼カシーダ VII：1935 年、サラゴサ、Noroeste IV No.12、Casida de la rosa dedicatorio, Angel Lázaro

○ガセーラ II：1935 年 10 月、バルセロナ、Quaderns de poesía No.3、Gacela de la Terrible presencia

○ガセーラ VIII：1936 年 2 月、マドリッド、Floresta de prosa y verso No.2（「散文と詩の花園」マドリッド大学哲文学部機関誌）、Casida de la huída

○ ガ セ ー ラ II：1936 年（死後）、メ キ シ コ、Segundo taller poético、
Gacela de la Terrible presencia

○ ガ セ ー ラ VI：1937 年 7 月（死後）、ブエノスアイレス、Sur VII
No.34、aire de amor

○ ガ セ ー ラ XI：1937 年（死後）、ブエノスアイレス、Homenaje de
escritores y artistas a García Lorca（作家と芸術家によるロルカへのオ
マージュ）、Gacela del amor con cien años

▼ カ シ ー ダ VII：1937 年（死後）、サ ン チ ャ ゴ、Antología,por María
Zambranoed. Panorama、Casida de la rosa

▼ カ シ ー ダ I：1938 年 12 月 27 日（死後）、ブエノスアイレス、Obras
completas VI, Guillermo de Torre, ed. Losada、Canción del herido por el
agua

○ ガ セ ー ラ I：1940 年（死後）、ニ ュ ー ヨ ー ク、Revista Hispánica
Moderna VII No.3-No.4、Diván del Tamarit

○ ガ セ ー ラ III：1940 年（死後）、ニ ュ ー ヨ ー ク、Revista Hispánica
Moderna VII No.3-No.4、Diván del Tamarit

○ ガ セ ー ラ IV：1940 年（死後）、ニ ュ ー ヨ ー ク、Revista Hispánica
Moderna VII No.3-No.4、Diván del Tamarit

○ ガ セ ー ラ V：1940 年（死後）、ニ ュ ー ヨ ー ク、Revista Hispánica
Moderna VII No.3-No.4、Diván del Tamarit

○ ガ セ ー ラ VII：1940 年（死後）、ニ ュ ー ヨ ー ク、Revista Hispánica
Moderna VII No.3-No.4、Diván del Tamarit

○ ガ セ ー ラ IX：1940 年（死後）、ニ ュ ー ヨ ー ク、Revista Hispánica
Moderna VII No.3-No.4、Diván del Tamarit

▼ カ シ ー ダ VI：1940 年（死後）、ニ ュ ー ヨ ー ク、Revista Hispánica
Moderna VII No.3-No.4、Diván del Tamarit

（参考文献 DEVOTO, DANIEL, *Introducción a DIVAN DEL TAMARIT de Federico
García Lorca*, Paris, Ediciones Hispanoamericanas, 1976.）

テキスト・参考文献

[テキスト]

García Lorca, Federico, *Obras completas, Tomo I, VERSO*. Recopilación, cronología, bibliografía y notas de Arturo del Hoyo, prologo de Jorge Guillén, (Edición de cincuenternario), (vegésimo segunda edición-cuarta reimpresión), Madrid, Aguilar, 1992.

[主要参考文献]

· Cirlot, Juan Eduardo, *Diccionario de Símbolos (sétima edición)*, Madrid, Ediciones Siruela, 2003.

· Devote, Daniel, *Introducción a DIVAN DEL TAMARIT de Federico García Lorca*, Paris, Ediciones Hispanoamericanas, 1976.

· García Lorca, Federico, *Obras de Federico García Lorca, DIVAN DEL TAMARIT, LLANTO POR IGNACIO SANCHEZ MEJIAS, SONETOS*, Edición, introducción y notas de Mario Hernández, Madrid, Alianza Editorial, 1981.

· García Lorca, Federico, *Obras completas, Tomo II, TEATRO, CINE, MU-SICA*. Recopilación, cronología, bibliografía y notas de Arturo del Hoyo, prologo de Vicente Aleixandre, (Edición de cincuenternario), (vegésimo tercera edición-segunda reimpresión), Madrid, Aguilar, 1993.

· García Lorca, Federico, *Obras completas, Tomo III, PROSA-DIBUJOS*. Recopilación, cronología, bibliografía y notas de Arturo del Hoyo, Introducción iconografía artística de Federico García Lorca, (Edición de cincuenternario), (vegésimo tercera edición-primera reimpresión), Madrid, Aguilar, 1993.

· García Lorca, Federico, *Obras completas (cuatro tomos)*, Edición de Miguel García-Posada, Barcelona, Círculo de Lectores, 1996-1997.

· Pérez-Rioja, José Antonio, *Diccionario de Símbolos y Mitos (quinta ed-*

ición), Madrid, Editorial Tecnos, 1997.

・Pizarro, Águeda, *MIGUEL PIZARRO, flecha sin blanco*, Granada, Diputación de Granada, 2004.

・Pizarro, Miguel, *POESÍA y TEATRO*, Introduccion de Águeda Pizarro, Prólogo de Jorge Gullén, Granada, Diputación de Granada, 2000.

・Rodrigo, Antonina, *Memoria de Granada (segunda edición)*, Granada, Patronato Federico García Lorca de la Provincial de Granada, 1993.

・Rodrigo, Antonina, *La Huerta de San Vicente y otros paisajes y gentes*, Granada, Edición de Miguel Sánchez, 1997.

・R・ブレーザー著　神崎巌訳　『ガルシア＝ロルカ』　東京　岩崎美術社　1992.

・アト・ド・フリース著　山下圭一郎他訳　『イメージ・シンボル事典』　東京　大修館書店　1984.

・イアン・ギブソン著　内田吉彦訳　『ロルカ・スペインの死』　東京　晶文社　1973.

・イアン・ギブソン著　内田吉彦・本田誠二訳　『ロルカ』　東京　中央公論社　1997.

・フェデリコ・ガルシア・ロルカ著　小海永二他訳　『ロルカ選集』（全3巻）東京　書肆ユリイカ　1958.

・フェデリコ・ガルシア・ロルカ著　小海永二編　『ロルカ研究』東京　書肆ユリイカ　1959.

・フェデリコ・ガルシア・ロルカ著　荒井正道他訳　『Federico García Lorca』（全3巻）東京　牧神社　1973 ～ 1975.

・フェデリコ・ガルシア・ロルカ著　小海永二訳　『ロルカ全詩集』（全2巻）東京　青土社　1979.

・フェデリコ・ガルシア・ロルカ著　小海永二訳　『組曲集　フェデリコ・ガルシーア・ロルカ未完詩集』　東京　舷燈社　1994.2.

・ポール・コラール, ユルゲン・エルスナー共著『人間と音楽の歴史 民族音楽　第8巻　北アフリカ』東京　音楽之友社 1986.

・ミゲル・ピサロ著　中岡省治他訳　『詩と演劇』　大阪　「ミゲル・ピサロ作品集翻訳・出版会」　2007.12.

・小海永二著　『ガルシア・ロルカ評伝』東京　読売新聞社　1981.

・小海永二著　『ロルカ像の探求』東京　舷燈社　1994.10.

・小海永二著　『ロルカ『ジプシー歌集』注釈』東京　有精堂　1996.

・中森義宗著　『キリスト教シンボル図典』　東京　東信堂　1994.

・若林忠宏編著　『世界の民族音楽辞典』東京 東京堂出版　2005.9.

・CD　Vicente Pradal, *Diván del Tamarit (F.G.Lorca)*, EMI Records Ltd/ Virgin Classics, 2008.

あとがき

　1992 年の夏、グラナダの友人ピラールから一冊の本が送られてきました。アギラール版ロルカ全集の第一巻（詩）です。その中に、とても心引かれるけれども何度よんでも意味不明の詩集がありました。

　翌年の春休み、毎週一篇ずつその詩を一緒に訳するためにスペイン人神父の教会を訪ねる約束をしました。友人のホセ・アントニオ・イスコ神父に、その詩集を一緒に読む時間を取っていただいたのです。彼は聖書の「雅歌」の研究者で、大学の文学部でも、文学の講義をしていましたが、若い頃は詩も書いていたということでした。京都の下宿から、大阪のその駅に着くと、駅前の店でコーヒーを飲みながら約束の時間まで辞書を片手に詩の意味をつかむのに夢中でした。その解らないことだらけの意味不明のノートを持って、教会への土手道を毎週通いました。まず、なるべく短くて、やさしそうな詩から始めました。友人は詩をスペイン語で読むと、決まったように、「とてもきれいだ！」とつぶやくのですが、二人で解読しようとするとなかなか難しいのです。帰りの土手道を帰るときも、いつも頭の中は、疑問がいっぱい残っていました。

　そのロルカの最晩年の詩作品を、詩誌『戯（そばえ）』に発表するように勧めてくださったのは、主宰の扶川茂氏です。私が二十代後半から属していた季刊の『戯』に、私自身の作品とは別に、ロルカの訳詞を試訳として掲載してくださったのでした。しかし、最後のほうになってくると、ますます、難しくて長い作品ばかりが残り、日本語に直してみるのがやっとでした。そのようにして、この本に収められたロルカ作品の試訳はなんとか完成したのでした。

　ちょうどその頃、私はグラナダ大学大学院の修了研究論文を書いていて、テーマは「フェデリコ・ガルシア・ロルカの日本への移入」というものでした。ロルカの作品の日本語訳、『ベルナルダ・アルバの家』と『血の婚礼』が未来社の「てすぴす双書」の中に入っていることがわかり、未来社へ問い合わせの電話をしました。とても古い出版物なので、

若い方では要領を得ず、本間トシ氏が電話口に出てくださいました。彼女は「そのことなら、ロルカ作品の編集に直接携わった、松本さんにお聞きになればいいですよ」と、松本昌次氏をご紹介してくださいました。そして、夏休みが始まるとすぐに、私は、東京の松本氏を訪ねるために、京都駅から新幹線に乗り込んだのでした。

　駒込駅で降りて、影書房に向かいました。当時はまだ駅近くのビルにあった出版社への階段を教えられたとおり昇っていくと、松本昌次氏が待っていてくださいました。少し遅れて夕立の中を本間氏が雨にぬれながら来てくださいました。

　影書房には、ロルカの翻訳の初版本もあり、『ベルナルダ・アルバの家』の初版本のカバーに山本安英氏扮する母親役の写真のついたものがかかっていて、すごい迫力でした。その大切な初版本のカバーをしげしげと眺める私に、松本昌次氏は「そのカバーならさしあげますよ」といってくださり、大切に京都に持ってかえりました。ほかにも貴重な本をたくさん貸してくださった氏は、「ロルカの本なら出しますよ」と言ってくださったのでした。

　それから七年、松本昌次氏の言葉が実現しようとしています。スペイン大使館の文化部にお電話して、武者弥生氏からグラシアン基金の締め切りのことを伺い、あわててグラシアン基金事務局にお電話して、用紙を送って頂きました。なんとか、申請書を作成し、貴重な助成金を頂きながら、翻訳の手直しと解説にずいぶん時間を費やしてしまいました。その解説も半ばの昨年秋、母が急性の胃ガンの末期だとわかったのです。影書房の松本氏にお電話すると、待ってくださるといって下さいました。「本より人の命の方が大事ですからね。」という一言に力がこもっていました。

　実は、この『対訳タマリット詩集』を執筆中の2007年2月に母は私とともにグラナダを訪れていたのです。スペインの首都、マドリードでは、最初の翻訳を手助けしてくださった、母の親友でもあるホセ・アントニオ・イスコ氏の修道会に滞在して再会を祝い。グラナダ大学では、私の指導教授のアントニオ・チチャロ先生、アリシア・レリンケ先生を

訪ね、そして、ロルカの生家であるロルカ記念館館長に就任したばかり
の詩人、アントニオ・カルバハール先生は、車で母をロルカの生まれた
村へ案内までしてくださったのでした。そして帰国後、一年をまたず、
2008年3月8日に母は死のむこうの世界へと旅立ちました。

　ロルカのこの詩集は死の予感に満ちています。「臨終の苦悶」「死」な
どという言葉が随所に出てくるのです。母の死を経て、ロルカの最後の
詩を読むとき、それまで見えなかったものが、はじめて見えてきまし
た。

　このように、ロルカの『タマリット詩集』の翻訳、解説が完成し、一
冊の本になるのに、数え切れない日本とスペインの友人の助けを得まし
た。家族の助けと、友人の助けがなければ、とても最後まで書き終える
ことは不可能だったことでしょう。そして編集実務を担当して下さった
影書房の吉田康子氏、松浦弘幸氏にもお世話になりました。また、スペ
イン文化省グラシアン基金の援助は大きな助けとなりました。もちろ
ん、扶川茂氏主宰の詩誌『戯』がなければ、これらの詩の翻訳は完成す
ることはできなかったでしょう。この一冊の本には日本とスペインのす
べての友人の友情がこめられています。私の第二の故郷であるグラナダ
のたくさんの友人に感謝して、このあとがきを終わりたいと思います。

　2008年9月　京都にて

　　　　　　　　　　　　　　　　　　　　　　　平井うらら

フェデリコ・ガルシア・ロルカ　Federico García Lorca
1898年6月5日−1936年8月19日（享年38）。
スペインの古都グラナダ近郊の村に生まれる。スペインの国民的詩人、劇作家。
詩、演劇、音楽、絵画に関心と才能を示し、画家のサルバドール・ダリ、映画監
督のルイス・ブニュエル、詩人のラファエル・アルベルティらと親交を深めた。
スペイン内戦勃発直後に、CEDA（スペイン独立右翼連合）所属の元国会議員
であったルイス・アロンソらによって拉致され、銃殺された。
主な作品
詩集：『ジプシー歌集』『ニューヨークにおける詩人』『カンテ・ホンドの詩』他
戯曲：「血の婚礼」「イェルマ」「ベルナルダ・アルバの家」他

　　　＊　　　＊　　　＊

〈訳者〉
平井うらら（ひらい　うらら）
1952年生まれ。京都大学・同志社大学・立命館大学・龍谷大学講師。
早稲田大学第一文学部卒業。京都外国語大学大学院修士課程修了。文学博士
（グラナダ大学）。
著書：『マヌエルのクリスマス』（サン パウロ）、『平井うらら詩集』（そばえの会）
共著書：『ガルシア・ロルカの世界』（行路社）、『世界の博物館』（丸善ライブラ
リー）、『スペインの女性群像』（行路社）、『南スペイン・アンダルシアの風景』
（丸善出版）、『スペイン文化事典』（丸善出版）、『マドリードとカスティーリャ
を知るための60章』（明石書店）

ガルシア・ロルカ　対訳 タマリット詩集［新装版］

2017年4月28日　新装版 第1刷（2008年11月10日　初版 第1刷）

著　　者　フェデリコ・ガルシア・ロルカ
訳　　者　平井うらら
発行所　株式会社　影書房
　　　　〒170-0003　東京都豊島区駒込1-3-15
　　　　TEL：03-6902-2645 ／ FAX：03-6902-2646
　　　　E-mail=kageshobo@ac.auone-net.jp
　　　　URL=http://www.kageshobo.com
　　　　郵便振替　00170-4-85078

印刷／製本＝モリモト印刷
©2017 Hirai Urara
定価　2,500円＋税
落丁・乱丁本はおとりかえします。

ISBN978-4-87714-470-8

金子マーティン 著
ロマ 「ジプシー」と呼ばないで

ナチスによる大量虐殺、戦後もつづいた迫害・差別と貧困。あたりまえの人権を求めて立ち上がった、「ジプシー」の蔑称で呼ばれたロマ民族のほんとうの姿とは。歴史的背景と現在の問題を追う。 四六判 256頁 2100円

*

アレクス・ウェディング 著　金子マーティン 訳・解題
エデとウンク
1930年 ベルリンの物語

エデのガールフレンドは「ジプシー」(ロマ) の少女。ヒットラーが政権をとる直前の時代の物語。ナチスに禁書にされ、戦後ドイツでロングセラーとなった児童文学の初邦訳。解題:「物語後」のロマたちの運命を詳説。解説:崔善愛。
四六判 291頁 1800円

*

ミヒャエル・デーゲン 著　小松はるの・小松博 訳
みんなが殺人者ではなかった
戦時下ベルリン・ユダヤ人母子を救った人々

ユダヤ人狩りを逃れて地下へ潜った「ぼく」と母親は、ナチ親衛隊員や売春宿の老婆、アウシュヴィッツへの列車機関士、共産主義者といった多様な人びとの、時に命を懸けた手助けによって、奇跡的に生きのびる。ドイツで著名な俳優による回想記。 四六判 368頁 2400円

*

目取真 俊 著
眼の奥の森

米軍に占領された沖縄の小さな島で、事件は起こった。少年は独り復讐に立ち上がる。——悲しみ・憎悪・羞恥・罪悪感……戦争によって刻まれた記憶が、60年の時を超えてせめぎあい、響きあう。魂を揺さぶる連作長篇。
四六判 220頁 1800円

*

目取真 俊 著
虹の鳥

基地の島に連なる憎しみと暴力。それはいつか奴らに向かうだろう。その姿を目にできれば全てが変わるという幻の虹の鳥を求め、夜の森へ疾走する二人。鋭い鳥の声が今、オキナワの闇を引き裂く——救い無き現実の極限を描き注目を集めた衝撃的長篇。 四六判 220頁 1800円

〔価格は税別〕　　　　　　**影書房刊**　　　　2017. 4 現在